MATHIEU TULISSI GABARD

FOOTBOYS

roman

nrf

GALLIMARD

Un bâtiment blanc et trapu de deux étages, entre un centre équestre et un théâtre national, plus loin les terrains d'entraînement

j'ai quinze ans, je quitte mes parents, ma chienne, mes copains, mes copines, ma ville, mon club, je viens de signer un contrat de cinq ans au centre de formation de football du Montpellier Hérault Sport Club

j'arrive début août, un mois de vacances en moins que mes potes et tous les gens de mon âge restés dans la vie normale

je ne connais personne

je suis installé dans une chambre à deux, au dernier étage, avec Rémi, c'est le choix du club

discours d'ouverture suivi d'un footing puis séance de renforcement musculaire : abdos, pompes, gainages, les parents sont là, c'est gênant, cette exhibition de nos efforts, cet exemple-spectacle de ce qui nous attend, le coach nous dirige, fait le fier, blague, parade, nous lance des piques et nous pousse à l'effort en essayant de créer un semblant de complicité avec des parents au sourire crispé

premier entraînement, les crampons officiels du club ne sont pas arrivés, je n'ai pas les miens, j'en parle au coach

quoi t'as pas amené tes crampons ?

on fait comment maintenant ?

ben tu t'entraînes en baskets

tu crois que tout va te tomber dans la bouche ?

ben ouais connard, j'avais le choix entre plusieurs clubs et j'viens de signer dans ton club de merde avec un beau contrat qui stipule clairement que tu dois me fournir les équipements et tu les as pas, alors tu fermes ta gueule et tu m'trouves des crampons sinon j'm'entraîne pas, et s'il le faut tu vas m'en acheter en ville, j'attends

et j'vais en profiter pour commencer à faire le tour des coéquipiers pour monter un syndicat des jeunes travailleurs du ballon rond

évidemment, j'ai rien dit, rien fait, j'ai peut-être tenté un p'tit mot, mais surtout j'ai pesté contre lui, sa mauvaise foi, sa lâcheté, son agressivité

les crampons du club arrivent au bout d'une semaine et ils sont tout nases, des premier prix Nike, rigides et lourdauds, à l'image de l'équipe dirigeante, du club et du groupe d'hommes qui allaient pendant un an s'occuper d'une quarantaine d'adolescents de quinze à dix-huit ans

cours à petits pas, remue les épaules, petits sauts sur place, attends l'équipe, regarde autour de toi, le stade, les gens, le terrain, l'équipe est là, cours, arrêt, lève le genou droit de gauche à droite, cours, ralentis, arrêt, lève le genou gauche de droite à gauche, cours, cercles avec le bras droit, cours, cercles avec le bras gauche, cours, cours en sautant cercles avec les deux bras, passe, contrôle pied droit, passe pied gauche, contrôle pied droit, passe pied gauche, contrôle pied gauche, passe pied droit, contrôle pied gauche, passe pied gauche, contrôle de la poitrine, extérieur du pied, emmène le ballon, longue transversale pied droit, contrôle pied gauche, emmène extérieur gauche, transversale pied gauche, crochet exter

tous les jours, préparation physique

footing, abdos, pompes, gainages

entraînement avec ballon

tous les jours

footing, abdos, pompes, gainages

il fait chaud, très chaud, on court dans la pinède, on court autour du terrain

entraînement avec ballon

abdos, pompes, gainages

ciel bleu, soleil, chaleur, sieste

que des gars, d'endroits et d'univers différents, on parle pas trop, on fait connaissance vite fait, on se jauge

avec Rémi, on s'embrouille, on s'insulte, on s'aime pas

un coéquipier débarque dans la chambre en se branlant et en riant, on le chasse, dégoûtés, je suis choqué, en colère, *dégage*, le coéquipier, tout en continuant, s'assied, discute un peu et se casse

au téléphone, j'appelle une amie, on hallucine
préparation physique
tous les jours
peut-être repos le dimanche, je sais plus
un soir dans la chambre un joueur de CFA vient se plaindre du bruit que je fais en jouant du djembé
il emprunte ma guitare et nous joue *La Corrida* de Francis Cabrel
le point de vue d'un taureau dans une arène, le bruit, le public, les grillages, la porte qui s'ouvre
pour le premier match, à la Paillade, le coach me donne le brassard de capitaine, je ne me sens pas le bienvenu avec le brassard, d'un côté je sens la jalousie, la défiance des joueurs qui étaient déjà dans l'équipe l'année d'avant et me voient nommé capitaine, comme ça, direct, sans discussions, de l'autre je sens qu'on me demande de m'imposer, de faire mes preuves en commandant des armées, je ne veux pas m'imposer, je ne les connais pas, on n'est pas assez proches, on n'est pas potes, je ne veux pas leur ordonner de se bouger le cul, de se jeter comme des chiens sur le ballon, de jouer collectif, de se regarder, de ne pas se traîner nuls et bruts comme on le fait, je suis prostré, je joue mal, j'ai peur
chaleur, sieste, mal de jambes, le coach nous conseille de dormir les jambes surélevées pour récupérer
je pense à Louise, qui est loin de moi maintenant, avec laquelle je communique presque pas, on n'est pas vraiment ensemble, c'est flou, je l'aime je crois, elle en retour je ne sais pas
je déprime, je me sens seul, gainages, sifflets, chronos,

plots, travail physique dodo le soir triste seul je regarde mes albums photos

la saison démarre et l'année scolaire avec

le centre de formation est en dehors de la ville, sur la colline de Grammont

le matin on court pour ne pas louper le bus qui nous mène dans un lycée privé du centre-ville

tristes, éteints

on a pas envie

l'énergie est basse, elle rase le sol, elle se traîne, malgré le soleil et le ciel bleu, ça n'y fait rien, cette ville, je ne l'aime pas, je n'aime pas son odeur du matin, je n'aime pas sa texture, ses routes, ses bâtiments

je passe devant la gare et rêve de pouvoir prendre le train quand je veux, aller où je veux, je le fais pas, juste un désir interdit qui apparaît par surprise, une échappée irrationnelle, j'imagine même pas une seule seconde oser le faire, je me soumets, je me plie

dans notre classe, deux meufs et quelques profs femmes

cantine dégueulasse, tout le monde attend le cordon-bleu du vendredi, mais moi j'peux pas en manger, y a du fromage dedans, sentiment d'exclusion ou d'originalité, soit j'enlève le fromage soit je sors pour manger

avec mon discman, seul, au fond de la cour, j'écoute Expérience, *Essayer*

dans la cour je parle avec Agathe, elle me plaît, un grand à l'étude du centre de formation, le soir, vient me dire qu'elle lui a dit qu'elle trouve que j'ai de beaux yeux *tu devrais tenter*, j'ai peur du regard des coéquipiers, toute la journée, en classe, avec elle, avec eux, je ne fais rien avec Rémi, petit à petit, on devient bien potes, on rigole beaucoup, on en vient à faire les mêmes blagues, on écoute en boucle *Pardon Judas* de Dieudonné, qu'on a enregistré en K7 sur Rire et Chansons, c'est bien notre seul point de jonction autour du poste, lui écoute *Gloire à l'art de rue* de la Fonky Family et *Speechless* de Mickael Jackson, j'aime pas, moi j'écoute *L'Opaline naissante* des Têtes Raides et *Salle des pas perdus* de Coralie Clément, il déteste

Rémi sortait tout juste de deux ans de préformation à Vichy, parti à treize ans de chez lui

à Bourges, vingt ans plus tard, on se retrouve, je l'ai contacté pour le livre, qu'on discute, qu'il me raconte ce qu'il a vécu au centre de préformation, qu'il me parle aussi de la formation à Montpellier

Le centre de préformation de Vichy, c'était une chance pour moi d'y être, j'voulais être footballeur professionnel, c'était mon rêve depuis tout petit, donc de partir de chez mes parents je l'avais accepté, pour moi la vie elle comptait pas si y avait pas d'foot.

Si on m'dit *tu restes chez tes parents mais t'as plus l'droit d'jouer au foot pour toute ta vie* ou alors *tu perds tes parents et t'as l'droit d'continuer d'jouer au foot*, j'aurais choisi l'foot. Je pense que, ben c'est sûr que oui, parce que le deuil tu peux l'faire pour des gens mais j'pense pas qu'on puisse faire le deuil pour le foot parce que, d'ailleurs ça m'tracasse encore ce truc-là.

Mon père je sais qu'il a vécu un peu son rêve à travers moi. Il était très rapide, très technique, il a été appelé par Saint-Étienne, neuf frères et sœurs, c'était l'plus vieux, donc il a pas fait l'armée grâce à ça. Et en fait sa mère a refusé qu'il parte, donc la plus grosse opportunité d'sa vie, il a pas pu la vivre. C'est pour ça que moi il pouvait pas m'interdire de partir pour le foot, parce que lui il savait ce que c'était que d'avoir un rêve et qu'on te le brise en dix secondes.

Ma mère elle voulait pas, pour elle c'était trop jeune, c'est pas normal, j'étais un bébé, j'dormais avec un doudou encore un peu, c'est un peu ça. T'es un grand bébé, treize ans, t'es même pas un ado, t'imagines, t'es un enfant.

Tout l'monde me dit *wouah mais tu rentres au CREPS, c'est incroyable*. Moi, j'suis rentré là-bas, j'me rendais pas compte que j'étais bon, j'trouvais ça normal et tout. Tu vas au CREPS, tu t'entraînes là-bas, le week-end tu rentres et tu joues avec ton équipe de club. Moi c'était Montluçon, on est rentrés mi-août, et j'ai signé à Montpellier le 4 septembre, dès les quinze premiers jours d'entraînement au CREPS je signe à Montpellier. J'ai signé avant qu'on m'voie jouer.

Moi j'venais d'la campagne, du plus bas district et tout, donc voilà, je signe, sous les escaliers du CREPS, donc je signe avec mon père, c'est lui qu'a fait l'choix, j'savais pas quels contacts j'avais, j'ai su après qu'j'avais Auxerre, Cannes, Bordeaux, des trucs comme ça, Rennes, et j'l'ai su quand j'étais plus vieux. Il a fait l'choix pour moi, et j'trouvais ça très bien, il m'a dit j'préfère que tu partes où il fait beau. Sauf qu'il n'y connaissait rien, donc j'ai signé le plus p'tit contrat possible, alors qu'il aurait pu faire jouer la concurrence. J'en connais qui ont touché des grosses primes, nous on était pas dans l'argent quoi. On avait pas l'argent mais on courait pas après. J'le vois maintenant où qu'j'suis préparateur mental et donc j'accompagne des sportifs, des jeunes comme des moins jeunes, et je sais que maintenant, dans le monde du foot, y a beaucoup d'parents qui misent sur leur enfant pour qu'il soit pro pour gagner de l'argent.

Pourquoi le monde aime autant l'foot ? Et pourquoi le foot ça fait tant vibrer ? Franchement la vie elle servirait à rien sans l'foot, j'la trouverais sans intérêt, fade et tout, pourtant j'ai des enfants, une femme, et tout.

Ma mère était dépitée, je l'savais pas encore à cette époque.

T'es nourri, logé, blanchi, en même temps tu vas à l'école, au collège. Et t'as une seule cabine téléphonique pour tout l'CREPS, où y a des centaines et des centaines de personnes. J'ai eu l'portable à ce moment-là, mon premier portable, c'était une cabine téléphonique, ah non j'l'avais pas au début, au début, c'était une carte téléphonique, et après j'ai eu le téléphone et enfin je pouvais appeler mes parents même le soir. Parce que sinon tu peux pas dire bonne nuit à ton fils, c'est fou ça en fait, j'avais pas besoin que mes parents me bordent, parce que j'étais dans mon truc de foot, mais avec du recul, c'est horrible, et je sais pas comment mes parents ont pu faire ça. Moi je pense que maintenant je l'interdirais à mes enfants, moi je sais que même si j'leur brise le cœur, ils seront pas aptes je le sais à vivre sans moi dès treize ans, c'est pas possible. Après t'as la naïveté des gens, le savoir, l'appât du gain, qui peuvent empêcher ces raisonnements-là, mais moi j'les ai maintenant, je sais ce que je veux pour mes enfants, qu'ils fassent c'qu'y veulent, mais en restant quand même dans une limite. Voilà y a des règles quand même, quand t'es enfant, de développement, à respecter, t'es loin d'être développé à treize ans.

Les équipements c'était dingue c'qu'on avait, on avait tout.

On avait des chambres individuelles.

J'pleurais tout seul dans ma chambre.

Tu touches du doigt le monde professionnel, du p'tit doigt seulement.

Les coachs sont sympas. Au début y a pas l'école.

J'étais timide c'était difficile. En plus les jeunes sont cruels, y en a qui viennent des grandes villes, qui sont habitués, moi j'venais d'ma campagne, mais j'me sentais dans mon monde.

Là où ça s'est vraiment corsé, c'était les deuxième année d'bizutage.

Les chasses à l'homme.

Et c'est là où tu t'dis *mais putain ils sont où les coachs ?*

Ma force, ma confiance c'était l'foot, j'me laissais pas faire non plus. Timide, réservé mais par contre quand même j'avais un caractère. J'me suis d'jà battu avec des plus costauds qu'moi, embrouillé, répondre, avec la hargne. En fait j'étais en mode survie, j'me rends compte.

Les chasses à l'homme, dès qu'c'était la tombée d'la nuit, nous, on d'vait partir se cacher dans l'CREPS. Le CREPS à Vichy faut savoir que c'est très grand, ça prend tous les bâtiments, donc tu peux t'cacher un peu partout, comme si t'étais dans *Call of Duty*. T'as des bâtiments un peu partout, t'avais un golf avec six trous, t'avais des terrains, tout le centre omnisports, des dizaines de terrains, c'est immense, immense, immense. On avait pas l'droit d'sortir du CREPS, mais bon, après, dans l'noir, t'as juste à escalader un p'tit portail quoi. Après, t'avais même des rivières pour le canoë, avec des pontons qui passaient par-dessus, qui se rejoignaient avec l'autre stade, d'autres terrains, qui s'rejoignaient avec des p'tits chemins, c'était immense, mais un terrain d'jeu incroyable. Et donc tu dois partir t'cacher là d'dans mais donc le plus longtemps possible, parce qu'y faut revenir pour te coucher, mais t'as peur quoi. Faut passer par-derrière, faut escalader des trucs, le but c'est que les deuxième année ne te trouvent pas sinon y t'boulent. Te bouler c'est y t'tapent, y t'mettent des coups d'pied, tu t'mets en boule par terre et eux y t'mettent des coups d'pied, des boulettes ça s'appelait, et ça d'un côté c'est une bonne dose d'adrénaline, c'est un peu marrant, mais ça fait peur. Et en fait, parce que t'en as c'est des bâtards, y en a ils abusent pas, y t'court après, y t'fout un croche-pied, tu roules dans l'herbe, toi tu crains rien, en plus t'es sportif, t'es jeune. Et puis, après, par contre, t'en as y t'mettent la pression, y t'encerclent, psychologiquement ça peut être dur, surtout pour certains, moi ça c'est pas c'qui m'a choqué l'plus en vrai, quand j'ai raconté ça à mes parents mais ma mère elle s'est mise à pleurer. Mais moi, ça, ça m'a pas choqué de ouf, pour moi c'était un jeu, j'savais pas qu'c'était pas normal.

Toute l'année c'est un combat entre première année et deuxième année. En fait, les deuxième année y s'permettent de t'mettre des tartes dans la gueule comme ça, quand y passent à côté de toi, de temps en temps, pour rien, c'est juste pour s'affirmer tu vois, mais c'est des grosses merdes en vrai, c'est qu'y s'chient d'ssus. Et j'me suis d'jà, après au bout d'un moment, moi j'répondais un peu, donc les p'tits deuxième année, t'sais tu fais des abdos tous les jours, tu commences à être solide un peu, t'es tout p'tit, t'es frêle, mais t'es quand même un peu costaud, t'es sportif de haut niveau, tu fais du sport tous les jours, beaucoup d'abdos, de pompes et tout, donc tu commences à durcir, et la croissance à cet âge-là, dans l'année j'ai pris douze centimètres. Et j'me rappelle ouais des p'tits merdeux là, Dupuy y en a un y s'appelait Dupuy, Loïc Dupuy, j'suis pas sûr du prénom mais c'était Dupuy, lui c'était une merde avec son appareil et sa tête de connard là, mais y m'bronchait et dès qu'j'commençais à répondre, y s'mettait sur les talons, donc j'dis, *lui il a peur*, j'voyais que lui, quand j'commençais à me rebeller, comme un animal, c'est ça, on dirait deux chats qui s'battent, qui s'mettent en duel, qui s'regardent, ça peut durer des heures ça, et ben c'est déjà arrivé plusieurs minutes avec lui, et des fois il avait un bâton. Après c'était la journée aussi des fois, y avait des embrouilles tout l'temps en fait après, ouais souvent, mais tu sais pas pourquoi en plus, des fois c'est tes potes, des fois y rigolent avec toi, des fois y t'tapent, t'es toujours sur la défensive, t'es en stress tout l'temps, c'est mauvais pour la santé finalement. Ça c'est dur.

Après arrive l'école, après y a la rentrée, parce que là on parle que du début où y avait pas d'école, et là mon gars mais... alors là t'arrives au collège.

Il est à l'extérieur, c'est un collège où y a tout le monde, public et horaires aménagés. Et y a eu des changements en fait, parce qu'au début on était tous dans la même classe, et ensuite on était mélangés.

Et donc du coup t'arrives dans un collège, c'est une rentrée, déjà une rentrée c'est pas facile, j'travaillais bien à l'école, en sixième j'étais troisième de ma classe j'avais toujours à peu près 14 de moyenne, j'faisais deux entraînements par semaine avant et là tu passes à un entraînement tous les jours. Donc en quatrième, j'avais dû arrêter le latin parce que j'pouvais pas avoir d'options supplémentaires, tant mieux, ça m'arrangeait ça. Et t'arrives là, tu rentres dans un collège et personne peut te voir, tu rentres tu t'fais insulter, en fait dès qu'tu rentres les autres y font *creps, creps, creeeps, hun les creps*, on t'appelle les creps. Donc t'es quelqu'un de bizarre pour eux, t'as pas une vie normale, donc voilà eux y sont de Vichy, tous de la même ville et nous y en a aucun de Vichy, enfin un ou deux j'dirais, un seul dans ma génération j'crois. Bon là c'est la catastrophe, tu sors à la récré et y en a y viennent te voir y viennent t'embrouiller juste parce que t'es un creps. Et ben en fait à cet âge ça commence les meufs tu sais, et toutes les meufs nous kiffaient, on attirait beaucoup les filles et tout l'monde était jaloux, tous les mecs. Mais sauf qu'y avait aussi des filles qui s'mettaient contre nous, parce que y a des suiveurs, et y en a y savent même pas pourquoi. Et donc t'es vu comme un étranger entouré de racistes tout l'temps, comme si on était une classe de migrants dans un collège de gros racistes, voilà tu vis ça. La discrimination mais totale, même des profs, ceux qui avaient la classe des creps ils étaient dégoûtés.

Moi j'suis d'origine marocaine un quart, ça s'voit pas trop tu vois, si, mon nom : Laasri. Mais il m'a sorti de bonnes situations, ça m'a beaucoup aidé parce qu'avec les rebeus j'étais français, mais j'avais des origines, donc tu vois j'arrivais mieux à m'intégrer. Avec les français, j'm'appelle Rémi donc ça va. Ça j'le vis encore tous les jours, quand je réserve, tu vois quand je réserve un hôtel par exemple, *votre nom ? – Laasri*, et j'dis toujours *Rémi* derrière, t'sais c'est con hein, j'le comprends, j'le comprends très bien, même si j'le cautionne pas.

Et heum, eh ben voilà donc là, j'étais là, euh j'comprenais pas, en fait après j'étais, franchement, j'étais, j'ai changé, ben en fait voilà, le gros problème c'est que ça m'a forgé une carapace, fallait qu'je puisse vivre dans ça, imagine on t'met dans un environnement qu'est pas du tout l'tien, ben faut qu't'arrives à t'fondre dans cet environnement pour rester en vie en fait, j'étais en instinct de survie en permanence, en fait j'ai déclenché mon instinct de survie pour pouvoir vivre mon rêve, de devenir footballeur. En gros, j'me disais *faut qu'j'passe par là pour être pro putain*, donc j'ai pas l'choix, y a pas de t'abandonnes, non, *si j'abandonne j's'rai jamais pro, mais ça va pas ou quoi ?!* Donc moi c'est ça qui m'tient. Et puis des fois j'craque j'pleure et tout, j'sais plus pourquoi, comment, quand, je sais plus si j'pleurais avec mes parents, si : à noël tout l'temps. Mais donc voilà, le collège trop compliqué, même les profs pouvaient pas nous voir, *eh oh les creps là*, tu vois, les profs aussi nous appelaient les creps, c'est dingue ça en vrai, ça c'est hallucinant en vrai, après nous on était insupportables.

Regarde j'vais t'raconter une anecdote de ouf, y en avait un c'était M. Vernier. Il était là pour gueuler en fait, lui, c'était un ancien militaire ou j'sais pas quoi, de l'époque hein. M. Vernier, il arrivait, déjà y pouvait pas voir les creps, les creps c'était les merdeux, c'était ceux qui respectaient pas les règles, c'était ceux tac tac tac, d'année en année. Mais nous, quand on arrive, on a rien fait encore, on est d'jà pris en grippe, direct. Ça j'l'ai vu, j'suis pas con, même à treize ans tu comprends ça, et du coup tu t'mets dans la case où on t'met, et tu t'mets la carapace qu'y faut pour vivre. Et donc, du coup, j'me rappelle, une fois y faisait beau, t'sais, début d'année, y fait super beau, moi j'arrive en short quoi à l'école, en short de foot, avec un T-shirt, mais normal. Donc j'arrive au collège en short, et j'avais mes affaires, j'étais, franchement, moi, j'étais pas du tout turbulent à la base, vraiment pas. Y m'dit *qu'est-ce que c'est cette tenue pour v'nir à l'école hein?!* Donc voilà, dans la merde tout d'suite, et le mec, pour m'humilier, il a été m'chercher un vieux survêt, il m'a enlevé mon short puis y m'dit ça c'est pour l'foot, c'est pas pour aller à l'école, et donc y m'met un vieux survêt pourri que j'ai dû garder toute la journée avec mon short dans l'sac.

Du coup, là, t'sais, c'est comme si quelqu'un d'ta famille se fait niquer. Au CREPS, on était une famille, nous on était comme si on était tous frères. Même si entre nous y avait des batailles aussi, ça on pourra y revenir, mais quand on était à l'extérieur et qu't'avais tout l'monde contre toi, t'es obligé d'être soudé comme jamais. Et donc le lendemain on est tous arrivés en short de foot, c'tait ça not' réponse nous, provocation.

Tu veux en niquer un eh bah tu vas tous nous niquer. Et donc, du coup, c'qu'on f'sait, on arrivait dans le hall, le matin, y avait plein d'monde, et tout l'monde après, donc on bloquait les portes. P'tit à p'tit, on s'mettait à faire des trucs comme ça pour, pour, ben pour les faire chier puisque y nous respectaient pas. C'était horrible pour eux, les pauvres, on a fait pleurer des profs, parce qu'on était des, ben du coup y nous ont, on était d'venus des oufs, mais après j'parlais mal, tu vois j'parlais comme un ouf. Mes parents y m'disaient mais t'sais j'te r'connais plus. J'répondais à mes parents après, vénèr et tout, j'étais un mec vénèr, j'étais d'venu une caillera.

C'est que par territoires. Ton premier territoire c'est ta chambre. Donc celui-là faut qu'tu l'fasses respecter. Y en a y f'saient pas respecter leur chambre, tu toquais, tu rentrais, t'allais retourner leur lit ou n'importe quoi tu vois, tu pouvais faire ça. Fallait montrer qu't'étais un ouf, quand quelqu'un rentrait dans ta chambre, fallait pas qu'y touche les trucs et tout. Tu cachais d'la bouffe en plus, donc fallait qu'personne la touche, et t'avais tes affaires, fallait pas t'faire voler tes habits, fallait pas t'faire voler tes brosses à dent, piquer ton dentifrice, ton parfum, tout ça, toutes tes affaires. T'avais une clé.

En fait c'était une prison, dans un quartier, dans une mini-ville qu'est le CREPS, dans une ville.

On aimait bien s'battre pour s'affirmer en fait, on voulait s'montrer que… On devait s'battre les mains dans l'dos et on sautait avec les pieds. On devait se mettre des gros chassés en l'air, une partie d'étage contre une autre partie d'étage.

Les basketteurs, au troisième, ils étaient plus calmes, respectés, parce que grands, mous, ils étaient avec nous quand il fallait faire respecter le bâtiment.

Franchement, j'me suis transformé là-bas, j'suis d'venu un ouf. Avec des gros coups d'pression et tout, t'sais, avoir l'habitude de, si y faut j'dégomme tout quoi.

Notre combat c'était d'se faire respecter.

C'est arrivé que des gendarmes fassent notre sortie de collège parce que des mecs nous attendaient avec des barres de fer.

La deuxième année, ils avaient essayé d'nous mélanger avec des filles, parce que nous on était gentils à la base, c'est la situation qui nous avait changés un peu, et après c'est la situation qui nous a rendus comme ça.

Donc après on avait des copines de classe, j'me rappelle Anaïs, Johanna, trop gentilles et tout, et pourtant, ils les envoyaient au casse-pipe de les envoyer dans la classe. Et nous ben tu vois, super respectueux, elles ont jamais eu d'problème ces filles-là, on s'est jamais foutus d'leur gueule, comme quoi y avait un vrai contraste entre c'qu'on montrait et c'qu'on était.

Et j'me rappelle que donc cette année-là c'était d'venu d'pire en pire. Donc nous on était d'venus des deuxième année, j'te racont'rai l'bizutage que j'ai fait sur les première année, parce que j'ai tapé des, j'ai tapé des autres. T'sais c'est l'mimétisme, débile. T'sais c'est *ah bah oui ah merde j'crois qu'c'est à nous d'bizuter c't'année du coup*, t'sais c'est ça en fait. Et donc on avait cassé l'poignet d'un gars. Et là c'était parti ouf, parce que c'était jamais arrivé ça. Et moi j'faisais partie d'la boulette, moi j'l'ai tapé, ce gars, au moment où y s'est cassé l'poignet. Et là y a eu rendez-vous avec les parents et on a tout expliqué, j'crois qu'c'est là y sont tombés des nues de ouf, les parents ont pété un câble, on a dit *mais ça fait ça d'puis toujours, d'puis toujours on fait ça, nous on s'est fait taper l'année dernière, on s'est fait taper toute l'année.*

– *Ah ouais mais t'as rien dit et tout?* Oui voilà, c'était un peu là où... Et les coachs ils étaient dans la merde, puisque tous les parents s'étaient r'tournés contre *putain on vous confie nos enfants nanani nanana et ça fait un an qu'y s'font taper sur la gueule?! C'est incroyable!* Et là c'était chaud.

On avait un pion dans le, un pion pour cinquante oufs, cinquante animaux.

Avant la fin d'année, pendant la deuxième année, ça partait en couille au collège.

Ils nous ont changé les horaires pour pas qu'on sorte en même temps qu'les autres. À la cantine aussi, ils étaient obligés de bloquer, t'avais les pions qui s'tenaient la main pour bloquer parce qu'on pouvait pas passer dans la foule, sinon y avait bagarre. C'est simple hein, c'était très simple, dès que y avait nous en contact avec d'autres personnes, t'en avais, par exemple une foule, y en avait un t'arrivais y t'mettait une béquille, dans la foule tu vois, et qui partait, et nous ça partait en, en fait au début on disait rien, on appelait les pions t'sais on disait *eh regarde lui y casse les*, au bout d'un moment franchement on t'fait ça tous les jours... dès qu'y en a un qui t'poussait, t'embrouillais direct, et ça s'battait, ça s'battait tout l'temps. Donc du coup c'était plus possible, donc y nous ont séparés des récrés, à chaque récré y avait boulette, et puis nous on arrosait tout l'monde, ben moi non, même pas, franchement j'ai pas souvenir d'avoir tapé grand monde au collège, mais on poussait. Des lions en cage, comme l'armée romaine, on s'met en boule et venez autour on va voir. On passait et ils nous jetaient des trucs, des cailloux, des branches, des boulettes de papier, donc tu t'faisais humilier rien qu'le matin t'sais, c'est onze heures et demie, tu vas manger, on t'jette des trucs, tac, tu r'sors, là y avait les autres qui commençaient à faire la queue, on passait entre… wouah c'était tendu, tendu, on nous poussait, on nous crachait d'ssus et tout, incroyable. Franchement, c'est abusé, tu vis ça tous les jours, comme si t'étais une star détestée, Shy'm, j'rigole, j'l'aime bien en plus.

Et donc au brevet, j'me rappelle, bon alors j'ai pas eu mon brevet, pourtant j'étais un bon élève quand j'suis arrivé, et j'ai loupé mon brevet à la fin. Et le soir, j'me rappelle on s'était couchés à deux-trois heures du matin, parce que justement, ces fameuses Ailes là, où fallait pas aller, on s'est dit c'est notre dernier jour ici mon gars, j'peux t'dire que, donc on avait bloqué les, en fait on s'tapait des galères les nuits, on allait dormir chacun dans la chambre d'un autre, on emmenait les matelas, parce que des fois l'pion y passait, des fois y passait pas, mais on en avait rien à foutre en fait, parce qu'en fait y passait dans notre chambre la nuit avec la lampe torche pour voir si on dormait bien, toc toc, y r'gardait sous notr' lit, pour voir si y avait personne de caché et tout, et du coup la nuit on bloquait la porte, en fait fallait ouvrir la porte de sécurité la journée, pour pas qu'elle sonne, tu la bloquais, avec un p'tit truc tout fin, faut juste que ça fasse pas contact, ah mais on a développé des trucs de prisonniers, et du coup comme ça le soir on pouvait la rouvrir elle sonnait pas. Donc on s'était barrés, nos potes qui venaient d'Saint-Étienne et d'Lyon avaient volé tous les fumigènes du train, t'sais les trucs de détresse là, comme pour les stades, et on était partis aux Ailes, dans la nuit, on a attendu minuit, ou une heure, on est partis aux Ailes et on a allumé les fumigènes là-bas, on les a jetés dans l'quartier en plein milieu, y en a qui couraient avec. Y en a juste quatre-cinq qui y étaient allés, nous on les avait accompagnés jusqu'avant le pont, on s'était posés en hauteur sur le COS, le centre omnisports, et on regardait les fumigènes, les Ailes en rouge, en fumée.

Ça fait une fumée de ouf, c'est des trucs de détresse, ça dure longtemps, et ça pétille en plus, et tu voyais en rouge tu vois, c'était notre bouquet final de nos deux ans. Et le lendemain, on avait le brevet, et après on s'barrait. Et donc personne a su qui c'était j'pense. Ça nous a fait comme un sentiment de revanche sur toutes les conneries qu'y nous ont fait, nous on a réveillé leurs familles.

Alors maintenant, je m'en fous, j'leur en veux pas maintenant j'm'en fous, c'est des gamins hein, et là j'les avais r'croisés même et tout, voilà. Mais, j'ai vécu ça à Clermont aussi, par la suite un peu, quand j'avais dix-huit ans, pareil des gars d'quartiers qui nous cassaient les couilles parce qu'on est des footeux.

Le mercredi, on pouvait sortir, livrés à nous-mêmes, t'avais un quartier libre, de quinze heures à dix-sept heures, mais bon, mes parents au début ils avaient dit non, aller en ville, tout seul, à treize ans, pour eux c'était pas normal.

Le vendredi, tu rentres chez toi, y avait une navette

de ville qui passait d'vant l'CREPS et qui emmenait à la gare, y avait neuf places, ou douze places, sauf que, on était combien, on était trente à prendre le bus... On s'battait pour rentrer, t'sais des fois tu donnais des coups d'pied pour qu'l'autre y rentre pas et qu'taies ta place, on appelait ça « la gâche », *faut qu'j'aie une gâche.* Et on partait, en plus on arrivait tard, souvent on partait en catastrophe, tu passais dans ta chambre, tu récupérais ton sac, fallait qu'tu l'aies préparé l'matin, fallait penser à tout tout l'temps en fait, c'est épuisant, c'tait un combat l'vendredi... Et puis fallait marcher avec un sac qui fait mille kilos, c'est l'armée mon gars, t'as tout ton linge sale de la semaine plus tes affaires de foot dans le même sac. Même on avait deux sacs des fois, plus gros que nous, c'était vraiment très très lourd, j'avais les doigts... là j'me rappelle j'ai encore les douleurs de l'épaule.

Tu partais à la gare comme ça, une heure de souffrance.

Et sinon fallait prendre le taxi mais ça coûtait une blinde, et j'avais pas les moyens du tout, des fois j'avais plus d'argent à la fin de la semaine.

Mes parents l'ont vu mais y pouvaient rien faire en vrai, ils étaient plus responsables de nous à partir du moment où on sortait du CREPS, à treize ans t'es livré à toi-même.

À chaque fois, tu sais pas comment tu vas rentrer, t'es dans la peur de l'inconnu en permanence, c'est horrible.

Et donc on avait cassé le poignet de Ronan Fayolle, gros joueur, mais tellement bête et c'était un putain d'provocateur. Tu vois, lui, j'le tapais pour qu'il ferme sa gueule parce qu'il me respectait pas des fois. Et y m'regardait comme ça t'sais, genre pour qu'j'le retape. J'pouvais plus l'voir moi, et bref, donc, du coup, lui, quand y avait chasse à l'homme, on l'boulait plus que les autres, parce qu'on l'aimait pas. Et un jour, on lui a pété l'poignet. On tapait pas fort en vrai, pour moi, quand tu tapes, y a pas d'force quand c'est tapé à plusieurs, la force ouais c'est vraiment si y a blessure, ou pas, mais t'sais, j'veux dire, même si tu tapes pas fort, le coup il fait aussi mal, tu vois c'que j'veux dire, c'est un coup psychologique j'te parle, y a boulette et c'est psychologique, parce que, du coup, y en avait pas beaucoup tu vois, t'en mettais un peu, tu tapais pas dans la colonne, pas dans la tête, tu f'sais gaffe. Mais y en avait tu t'prenais des p'tits cacos t'vois dans la tête, des bons qui font quand même un peu mal tu vois, tu t'frottes bien, après ils rigolent t'sais les autres.

Après, j'sais qu'y avait eu un gros problème quand les parents ont été au courant, je sais pas trop c'qui s'est passé, j'ai un peu un trou là, là-d'ssus, p'têt qu'y faut pas qu'j'm'en souvienne.

L'emploi du temps est très chargé aussi, tu t'lèves le matin, tu vas à l'école, donc tu déjeunes au self, tu t'fais pointer, comme ça y voient si y en a un qu'est pas là.

Tu crèves la dalle après l'entraînement y a pas d'collation à quatre heures, du coup on f'sait comme en prison, tu gardes des parties d'ton, t'essaies de voler de la bouffe tout l'temps. Ah oui, oui voilà, en fait tu voles de la bouffe tout l'temps. Donc nous, la nuit, des fois, on allait braquer la cuisine, on essayait de prendre un maximum de jus d'orange.

On a pas beaucoup parlé d'foot hein finalement, c'est ouf en vrai, mais moi j'me rappelle pas trop du foot. Ben l'foot ça s'est bien passé, mais j'ai stagné, parce que j'ai signé très tôt. Donc, l'un dans l'autre, ça m'a pas trop servi le préfo. Alors voilà, moi c'que j'en r'tiens, en tout cas, c'est que j'vois pas l'intérêt d'un centre de préformation, l'intérêt technique, parce que tu fais du foot tous les jours, oui, mais j'aimerais bien savoir les stats de ceux qui continuent après. Le fait d'être entre mecs dans un centre et tout, voilà, c'est ça l'problème en fait, c'est pas l'club, c'est la situation, l'environnement qu'est pas bon.

Pas avoir d'éducateurs, mais bon y en aurait, p'têt qu'ils toucheraient les enfants aussi tu vois.

Dans tous ces mauvais moments qu'j'ai passés là-bas, sans trop m'en rendre compte non plus, parce que, j'm'y plaisais sans m'y plaire, parce que finalement comme tu crois qu'c'est normal, c'est comme un gamin qu'est séquestré dans une cave, si il croit qu'c'est ça la vie, il sait même pas s'il le vit mal en fait. Donc j'l'ai mal vécu avec du recul, j'étais pas bien pendant ces périodes, la chance que j'ai c'est que j'ai jamais vécu de trucs horribles, d'attouchements de, de, de, de, ben de coéquipiers ou de ou de d'entraîneurs ou quoi, jamais, ça par contre j'me s'rais p'têt suicidé tu vois, franchement si j'avais vécu un truc comme ça.

J'en ai jamais entendu parler, j'en ai jamais été témoin,

je cherche même, j'ai même pas d'indices, y avait des coachs qu'on aimait bien.

Y a eu d'très très bons moments, là j'retiens que l'négatif en tant que papa aussi.

Tu fais d'la répèt', tu t'entraînes tous les jours, c'est très bien, mais c'est trop tôt, après ils arrêtent, moi j'ai été saoulé du foot très vite.

Emploi du temps trop chargé, il faut avoir du temps libre.

J'ai pas progressé, j'étais vraiment très bon. La deuxième année j'ai stagné, j'ai pas progressé. J'aurais dû cultiver mon niveau différemment. Parce qu'après ben j'ai été saoulé du foot, ben t'sais quand tu t'entraînes tous les jours t'as plus envie d'y aller après. Voilà après par contre tu joues contre Lyon, contre Benzema, moi j'sais qu'j'ai joué contre lui plusieurs fois.

En arrivant à Montpellier, faire du foot tous les jours, moi c'était mon job depuis deux ans déjà, donc c'était pas un problème. J'ai peur mais j'suis fier.

Ah oui, parce que j'sais qu'ça va être encore la guerre, j'sais qu'ça va être la jungle encore. Toi tu l'sais pas encore en arrivant, moi je sais comment ça va s'passer. Et j'suis un gentil tu vois moi, mais j'aime pas les conflits. J'avais réussi à redevenir un peu gentil, j'suis arrivé en tant qu'gentil, j'me suis dit p'têt que là c'est pas pareil, j'étais libéré de Vichy, et donc j'arrivais là, club pro, j'commence à réaliser mon rêve, c'est mélangé entre, comme parfois les meilleurs moments d'ta vie font partie du même moment où c'est l'pire.

Si, j'me rappelle exactement quand j'suis arrivé qu'j'suis tombé sur toi, moi j'avais peur de tomber sur des cail-leras ou… j'suis tombé sur toi, j'me suis dit *putain j'ai trop d'chance*, et ben c'est ça qui m'a rendu gentil, j'suis arrivé sur la défensive…

… fermé, ouais, ouais parce que, ouais, tu connais pas toi, Vichy, si j'montre un truc de faiblesse, tu vas m'niquer derrière, faut pas qu'j'montre de faiblesse, donc j'faisais l'gentil, mais jusqu'à une certaine limite, j'parle avec toi, j'fais connaissance, par contre commence pas à m'demander euh j'sais pas quoi tu vois, sinon on, j'donne des infos sans trop en donner, j'me livre mais sans trop m'livrer. Je veux que le bien, parce que j'ai envie qu'ça s'passe bien pour moi, j'en ai marre de la jungle, mais par contre j'vais pas m'faire niquer. Donc faut pas tout donner quoi, parce que ouais eh ben ça j'm'en rappelle pas qu'on s'embrouillait, moi j'ai cru qu'ça s'passait trop bien tous les deux.

Peut-être que pour moi c'était pas des embrouilles en fait.

Ouais c'était la vie normale…

… eh fils de pute…

… p'tit fils de pute, nique ta mère…

Ah bah oui, j'me souviens que, j'aurais pas fait Vichy, j'arrive direct à Montpel, j'tombe sur un mec comme j'étais…

Ohhh…

Comment tu d'vais être mal putain, mon pauvre, j'suis désolé.

Mais bon d'un côté c'est pas d'ma faute tu vois…

Même si ça m'fait un peu pleurer tu vois, je déteste qu'on me voie comme je suis pas, ça, ça m'gêne ça.

Pardon si j'pleure, j'me laisse pleurer, j'vis mes émotions, non faut pas t'inquiéter, ça veut pas dire qu'j'suis triste, p'têt qu'au contraire ça va m'faire du bien.

Mais ouais putain, c'est horrible, c'est horrible mais ça fait du bien, ah je déteste qu'on me voie comme je suis pas. Et moi j'suis, j'ai mes parents c'est des amours t'sais, y m'ont tout donné, ils ont tout fait pour moi et moi j'deviens un monstre. T'imagines, c'est horrible, et eux j'savais qu'ils avaient un monstre entre les mains et ils savaient pas comment l'gérer, ça c'est horrible. Et là, pour l'coup, par contre, ma mère elle l'a trop mal vécu. Bah si, ben là j'ai trouvé plein d'trucs, et ma mère elle pleurait à chaque fois qu'elle partait, c'était loin, on savait pas quand on allait s'revoir, ben ils avaient droit d'venir une fois par mois pour m'voir, et puis on savait pas où et quand, et puis on avait plus l'droit dormir avec eux dans les chambres. Au début oui, mais après non. Mais j'voyais mes sœurs mais ça c'était catastrophique, franchement, je conseille à personne quand j'y pense, j'ai pas connu mes sœurs, j'les ai pas vues grandir, c'est... c'est honteux, c'est honteux... faut jamais faire ça à un enfant. Il doit jamais partir avant, faut rester chez toi jusqu'à quinze ans, seize ans, dix-sept, c'est horrible. Tu vois j'ai dit à mon père pour la première fois que j'l'aimais y a pas longtemps, parce que, après franchement là-bas, j'suis resté pour mon père, là-bas j'ai voulu arrêter plein d'fois, parce que j'étais amoureux d'une fille de chez moi, parce que, j'trouvais toutes les excuses du monde d'façon pour arrêter, parce que j'étais triste, j'étais d'venu nul au foot, j'étais pas épanoui du tout quoi. Et là-bas j'ai voulu arrêter, le premier noël déjà j'ai voulu arrêter. Mon père il m'disait, mais il avait raison un peu, en fait j'comprends pourquoi il m'a dit ça, j'en veux à personne hein, j'en veux à la société, au pire, qu'est, mais qu'est même ignorante là-d'ssus, puisque les gens qui font la société d'maintenant c'est même pas des gens qui, ils ont vécu les mêmes, ils ont subi, les autres d'avant encore, donc euh, faudrait partir vraiment très loin.

Mon père me disait *mais tu t'rends compte la chance que t'as*, voilà c'est ça les phrases, tu vois les phrases clés, *tu t'rends compte la chance que t'as, y en a des milliers qu'aimeraient être à ta place*, mais j'ai jamais trouvé qu'c'était une chance, c'est pas une chance, c'est j'dois souffrir pour louper c'que j'ai envie d'faire, c'est d'la loterie, faut qu'je souffre pour pas y arriver, ça a aucun sens, c'est incohérent.

ANTONIN

Dans l'état d'esprit, à Montpellier, on avait quand même un esprit d'équipe. Sur l'équipe qu'on avait, y avait peu d'joueurs qui jouaient que pour leur gueule et c'est c'que j'ai perdu après. J'trouvais qu'on avait un objectif commun. J'ai trouvé qu'en fait on avait pas compris pourquoi on était là, c'est-à-dire que nous on s'battait pour ces quatorze joueurs, cette équipe, alors qu'on aurait dû s'battre pour réussir individuellement. Moi c'est le sentiment qu'j'ai eu, c'est qu'on se battait pour avoir un objectif commun ou d'aller en championnat d'France, en demi-finales machin truc, mais qu'on a peu pensé finalement à notre carrière individuelle. Et ceux qu'ont réussi tu r'gardras bien... c'est les individualistes. Moi j'parle souvent d'toi, je dis que t'as été le seul courageux, le seul qu'a eu une paire de... qu'a eu une paire de couilles, c'est-à-dire que toi t'as dit *ce monde-là il est pas fait pour moi et j'm'en vais*. Et moi j'en parle souvent à mes potes, quand tu m'as r'sollicité, j'ai r'parlé d'toi et tout, j'dis *ce gars-là, c'est le seul qu'a eu le courage de dire « ce monde-là il est pas fait pour moi, j'm'en vais »*. Et je pense qu'on était tous sous pression comme toi et cætera, et qu'on avait pas l'courage de s'barrer en fait.

T'étais le seul, le matin, qu'arrivait le matin au lycée avec le journal.

J'me rappelle d'un d'tes buts, c'est le seul but dont j'me souviens. C'est le but contre Saint-Étienne, ou Bastia... ah non Bastia c'est là où Laurent Fortier à la fin du match parce que tu veux aller serrer la main à Song et que Fortier il avait peur de la bagarre et il te dit non et tout machin. Ah mais si en fait c'est contre Bastia, t'es au milieu d'terrain, t'as toute la défense de Bastia qui monte, donc tous nos attaquants sont hors-jeu, et finalement, tac, tu passes entre les deux défenseurs, tout droit et puis tu vas marquer. On avait une sacrée équipe quand même. C'était génial.

À Bastia, on avait bien flippé, mais c'est à cause de Fortier. Moi j'avais interdit mes parents d'venir. Parce que j'avais dit *non ça craint trop*. L'arbitre corse il était arrivé en Porsche, y f'sait la bise au coach de Bastia. La peur, à Bastia, c'est Fortier qui nous a transmis ça. Parce que lui il a un passé dans l'foot, Marseille, Saint-Étienne, PSG. Donc j'pense qu'il était attendu. Moi j'trouve qu'on a eu une chance incroyable, c'est d'rencontrer Laurent Fortier, de rencontrer Kighat, on a rencontré des hommes forts. Après, dans l'management, ils étaient dans l'management à l'offensive…

J'étais ultra-impressionné en arrivant à Montpellier, t'arrives dans des p'tits souliers. L'avantage c'est que tout l'monde arrive globalement au même moment, tout l'monde arrive d'horizons différents et tout l'monde est un peu dans ses p'tits souliers. Globalement, y a personne qui écrase quelqu'un d'autre. Après, on a quatorze ou quinze ans, la rupture elle est rude, de partir à mille bornes de ta famille. J'étais à Rennes moi, au Stade Rennais. Mes parents habitaient Rennes, donc je vivais chez moi. Mais, à la base y m'ont, avec du recul, en fait, je n'aurais pas dû signer à Montpellier. En fait, je vais faire un essai à Montpellier et, en fait, y m', m', on va pas dire qu'ils m'obligent parce que c'est toujours toi qui signes, mais ils m'ont forcé en gros à signer quand j'y étais. C'est-à-dire qu'en gros j'finis mon essai, *eh beh tiens voilà c'est là*, et t'as même pas l'temps d'la réflexion. Ben après quand j'reviens à Rennes ils disent *ben pourquoi t'as fait ça ?* Mais à quinze ans, tu, enfin, on sait pas c'que c'est. Très clairement, on sait pas c'que c'est, mes parents non plus sont pas d'ce milieu-là. Ils se disent *est-ce que c'est bien pour mon fils ? Mais en même temps on peut pas le priver d'ça*, c'est impossible, impossible. T'imagines si tes parents t'avaient dit *non mais Mathieu tu signes pas*.

Après on a eu la chance de tomber sur un club comme Montpellier où les études, ils ont lâché personne sur les études, franchement. Et y avait l'aide aux d'voirs. Ouais. Ben c'est clair, là, c'est vrai, nos parents ils avaient délégué toute l'éducation.

Et j'me rappelle, ils payaient quand même un voyage à nos parents par mois, y a des clubs où ça s'passe pas du tout comme ça.

Donc on était quand même logé, nourri, blanchi, avec un p'tit salaire.

Moi j'étais logé à l'Institut et j'l'ai plutôt bien vécu, alors je n'sais plus si j'étais au courant qu'j'allais là-bas, il m'semble que oui, il m'semble que oui. J'arrive en même temps qu'tout l'monde, y a des gens qui sont déjà là d'puis l'année dernière, donc qu'ont leurs marques et tout, on est finalement bien accueillis. Côté religieux, ben forcément, t'es chez les sœurs, forcément tu peux pas l'mettre de côté, mais elles ne t'imposent rien sur ce sujet-là. Y a des rebeus, y a des juifs. Steven était pratiquant, les rebeus aussi. Franchement, t'es élevé chez des sœurs, t'as toutes les religions représentées et t'avais même, pendant un moment, j'sais pas si vous vous souvenez, des Vietnamiens qu'étaient hébergés à l'Institut, qu'étaient au lycée à Daudet. Ben eux qui f'saient pas d'foot mais donc du coup t'avais des gens qui venaient de tout horizon quoi. Y avait sœur Immaculée Conception, y avait sœur Philomène. Sœur Philomène, qu'était d'origine hindoue ou malgache. Nous l'avantage à l'Institut, c'est qu'on avait des chambres individuelles, et qu'on était tout près du centre-ville aussi.

L'avantage c'est qu't'avais pas l'temps d't'ennuyer. C't-à-dire que tu t'levais relativement tôt pour l'p'tit déj', tu filais à l'école, et, nous, les gardiens on avait entraînement l'lundi soir, étude le lundi soir jusqu'à, 'fin on mangeait, après, étude jusqu'à vingt-deux heures. C'est p'têt ça, ouais, mardi on avait re-cours le matin d'bonne heure, après on avait entraînement l'mardi matin, école, entraînement l'mardi après-midi, après l'mercredi j'pourrais pas t'dire, et après un l'jeudi, un l'vendredi, un l'samedi matin et match le dimanche. C'était globalement ça. Donc entre les études, le foot et tout, franchement, t'avais pas l'temps d't'ennuyer.

J'ai toujours été ultra-attaché à Montpellier.

On coupera ou pas, mais moi j'ai un souvenir, je sais pas si t'étais là : l'eau écarlate. On se sniffait la gueule. On prenait une bouteille d'eau écarlate… Ça tournait la tête dix secondes. Si c'est la, ouais, c'est la perversion.

Moi le seul point négatif que j'trouve c'est que nous on était vraiment dans not' bulle et que ultra-dur de s'intéresser à aut' chose que c'qu'on faisait, ultra-dur, même à seize ans, enfin, t'as envie d'aller boire une bière avec les copains, fumer une clope j'dis une connerie, mais ça, ça nous a été reproché, enfin pas reproché mais ça nous a été interdit pendant trois ans. Ben t'arrives, quand c'est fini tu fais l'inverse, tu vas tout dans l'excès. Mais encore aujourd'hui hein, j'suis arrivé à être quelqu'un d'excessif. Moi j'bois tous les jours, j'rentre chez moi l'soir et faut qu'j'prenne mes deux-trois whiskys quoi. Ben ouais c'est un manque, après y a aussi l'manque de la réussite, moi je pense avoir très mal vécu le fait de pas avoir réussi et d'être entré dans une dépression totale, alors qui s'voit pas au quotidien auprès d'ma famille, d'mes proches, mes amis, mais je pense être entré depuis vingt ans dans une dépression, chronique en fait. Le fait d'avoir misé toute ta vie sur ces trois ans-là, ou ces cinq, si on a été un peu… même quand Rémi jouait en N2, j'suis persuadé qu'il y croyait fondamentalement un p'tit peu encore, en disant *j'vais jouer contre le PSG, on va m'voir, et p'têt…* J'me dis d'avoir consacré toute ta jeunesse, parce que c'est un, tout l'monde pense que être footballeur c'est donné et c'est sans sacrifices et cætera, alors que pas du tout, c'est un taf, moi je, moi, je, j'admire… Moi quand j'vois les footballeurs aujourd'hui en Ligue 1 ou bien, c'est vrai que pour le monde extérieur, ça paraît l'argent et tout et cætera, mais c'est des sacrifices immenses. Mais c'est vrai que pour ceux qui réussissent pas, c'est les mêmes sacrifices, et pour autant, t'as pas la récompense au bout. Et tu tombes de, d'un immeuble entier quoi. Et aujourd'hui, tu vois, globalement, on a des métiers, on fait c'qu'on aime et cætera, t'as des, moi j'ai des enfants, j'ai une femme superbe et cætera et j'arrive pas à, j'arrive pas à r'mettre la tête au-d'ssus.

Au centre quand t'es gamin, t'oses pas dire c'qui va pas aux potes, ni à tes parents, surtout pas à tes parents. L'nombre de fois où à l'Institut j'pleurais et tout, incroyable. Mais combien d'fois on a, j'imagine on, enfin toi, tu l'as fait, mais combien d'fois moi j'ai pensé à partir. C'est pour ça qu'ça a été courageux, parce que du coup euh, alors, nous, autant on vit avec une déception de pas avoir été au bout, autant toi, tu vas vivre avec le regret de pas avoir continué.

Et moi, c'est même pas que j'ai voulu faire pro, moi c'est que j'me suis fait rattraper par le fait que le foot n'était plus un loisir. J'ai joué jusqu'à quinze ans, quatorze-quinze ans sur le fait que j'm'amusais et quand j'ai signé à Montpellier, j'ai vu qu'c'était plus du tout un amusement et qu'on… J'pense que dans l'foot, j'avais vu une vidéo de Diallo, le défenseur du Paris Saint-Germain, qui, lui, était sorti, qu'était avec deux potes qui, eux, n'étaient pas sortis du coup, et, et ils parlaient à peu près des mêmes discours. C't-à-dire que je pense que la dépression des jeunes qui sortent des centres de formation, c'est, je pense que t'as quatre-vingts pour cent des jeunes qui sont touchés, pour pas dire cent. C'est l'envie de rien, aucune passion à part le foot en fait. Ouais, après, l'alcool, la clope, voilà, l'excès tout l'temps. La compensation d'un truc que toute façon tu compenseras jamais parce que, et, et, et puis c'est un an après, mais c'est cinq ans après, dix ans après, et là vingt ans après le mal est toujours là quoi, et j'pense qu'il partira pas. C'est les sacrifices, c'est comme Rémi il dit *rentabilise tes sacrifices*, ben là du coup, perdu. Et j'm'en veux beaucoup à moi-même parce que j'suis persuadé qu'avec la mentalité qu'j'ai aujourd'hui, tu me mets mon cerveau d'aujourd'hui avec mes qualités d'footballeur quand j'ai quinze-seize ans, je suis pro mais à deux cents pour cent, c'est certain, c'est certain. Et aujourd'hui, j'm'en veux à moi-même parce que c'est, je suis pas pro parce que ce n'est que à cause de moi, je suis pas pro que à cause de moi. C'est pas la faute du coach, c'est pas la faute parce que y avait Jourdren qu'est arrivé, ça n'a rien à voir. C'est parce qu'à un moment donné j'ai pas eu les bonnes réactions, j'ai pas fait le sacrifice qu'il fallait à un moment donné, et voilà.

Les entraînements d'gardien et tout, ça c'est une grande fierté ça. Parce qu'on avait Dominique Deplagne, qu'était notre entraîneur à Montpellier, qu'est un coach fantastique. Pour moi, aussi, c'était nouveau, c't'intensité-là en tout cas. Franchement, j'ai appris mais c'était fantastique. J'ai progressé mais en un an mes parents m'reconnaissaient même plus. Physiquement, j'étais d'venu beaucoup plus carré, beaucoup plus costaud, techniquement c'est, j'ai appris pendant un an, c'était fantastique. Oui, 'fin j'veux dire la première année, après tu t'installes dans un truc, puis après t'as tes soucis d'adolescent aussi au lycée, t'as d'autres envies que l'foot, donc ça prend un peu l'pas aussi sur ton objectif de dev'nir footballeur. Et après y a Jourdren qui signe, ça y m'l'avaient pas dit quand j'ai signé moi. J'ai eu l'impression d'me faire niquer déjà. Il a signé avant moi en plus. Sauf que, quand ils me voient faire l'essai, ils se disent *bon on peut pas se passer de*, de moi, *on peut pas passer à côté d'ça*. J'fais ma première année à Montpellier, tout s'passe bien, deuxième année bah boum il débarque. J'fais une prépa de taré mental, j'reprends avec la CFA, j'avais eu dix jours d'vacances et j'avais repris avec la

CFA à quinze-seize ans, tu vois. Et j'fais une prépa de fou, j'me dis *vas-y c'est pas parce que y signe que c'est perdu* tu vois. Et arrive le premier match et je joue pas, j'vais voir Laurent Fortier l'samedi matin j'lui dis *pourquoi ?* Et la seule réponse qu'il m'avait dit à l'époque, j'm'en souviendrai toute ma vie, *c'est parce que Geoffrey il a l'expérience des matchs internationaux*. Et à partir de là, en gros, moi, j'avais discuté avec l'entraîneur des gardiens qui m'disait, euh, globalement, j'étais, euh, 'fin j'avais prouvé de meilleures choses sur ces deux mois que Jourdren, et, pourtant, j'jouais pas. Et du coup, c'est à partir de c'moment-là qu'j'ai plongé. Ma mère qui recroise Patrick Rampillon, le directeur du centre de formation d'Rennes, et qui demande à ma mère si ma sélection en équipe de France s'est bien passée, ma mère elle dit *mais quelle sélection ? – Si, Antonin il d'vait être sélectionné*. Donc y a toujours aussi ce mythe un peu de dire Montpellier un moment donné a p'têt dit *euh ben non on envoie Jourdren* et… Donc tu vis un peu avec cette aigreur-là. Ils ont plus besoin d'moi à c'moment-là donc ils font tout pour m'mettre une pression pour qu'j'accepte plus d'être là. Encore une fois les conneries c'est moi, mais le fait qu'on soit contenu dans un milieu dans lequel on a aucune ouverture et cætera…

J'ai dix-sept ans, bac de français le lendemain, et au Zénith on entend un concert, house machin. C'était avec Benny Benassi à l'époque et tout, et en fait, j'fais l'mur la veille du bac de français. On part on fait l'tour de Montpellier, machin, les sorties, les boîtes, les trucs, les machins. On rentre, parce que fallait rentrer absolument à sept heures du matin, parce que, à sept heures du matin, la porte d'entrée, elle se déverrouillait, sinon y avait une alarme, parce que c'est le début du p'tit déj'. Et donc, j'suis rentré à sept heures du matin, juste changé, même pas été déjeuner, pour repartir au bac de français et tout. Et tu vois, c'est la stupidité absolue, c't-à-dire qu't'as un événement qu'est ultra-majeur pour toi, c'est ton bac, mais vu qu'on t'a privé de tout pendant deux ans, tu fais l'con. Et c'est ça qu'est incroyable, et y a aucune raison là-d'dans, 'fin, c'est, c'est pas du tout raisonnable, si tu réfléchis bien, c'est complètement con.

Ils te façonnent tel qu'ils veulent que tu sois. Et toi t'as été trop rigide pour ce moule, et nous on a été dans ce moule, et un moment donné le moule nous a lâchés et puis plaf. Et là c'est, et là t'es plus protégé par le moule parce que le moule te protège aussi. Il te violente mais il te protège aussi d'beaucoup d'choses. L'idée générale que j'en r'sors de ces deux ans et demi à Montpellier, c'est que c'était quand même fantastique. Avec énormément de, si c'était à r'faire, j'y r'tournerais, je l'frais différemment à l'intérieur mais j'y r'tournerais, c'était fantastique. Ben regarde là, c'qu'on est en train d'vivre là, on a vécu vingt-quatre heures sur vingt-quatre ensemble, tu vas t'refaire d'autres amis dans ta vie et cætera, mais le fait de vivre avec des gens vingt-quatre heures sur vingt-quatre du lever du matin au p'tit déj', école, entraînement, douche, coucher, là, les liens qu'on a entre nous, globalement, dans vingt ans, on en r'parle, rien n'a changé. Fantastique, j'y r'tournerais cent fois mais j'le f'rais différemment. La tristesse de c'qu'on a fait, c'est qu'on s'est habitués à plus voir notre famille. Aujourd'hui, je suis plus proche de mes amis que d'ma famille. J'me suis habitué à pas voir ma mère, ma sœur et tout, et, du coup, t'en fais pas un besoin quoi, c'est triste. Là, c'qu'on a fait, là, jamais j'le f'rai avec ma famille.

Fortier c'était une icône, j'me sentais tout petit, c'était, ouais, c'était un monument quoi. Et y a un respect, c'est même au-delà du respect, c'est d'la peur quoi, très clairement. Mais aujourd'hui ultra-reconnaissant d'l'avoir croisé, même si, tu vois, la fin elle est pas du tout heureuse, parce que, du coup, j'mets fin à mon contrat et cætera – on met fin à mon contrat. Mais ouais, j'en garde un très très bon souvenir, même si c'était management de la terreur et cætera quoi, c'est ça qu'est surprenant, c'est un peu le syndrome de Stockholm. Ben t'es un peu prisonnier d'ça, t'es, il a un pouvoir de vie ou d'mort sur toi. Mais par contre j'trouve qu'il nous a fait dev'nir des hommes, avec des valeurs quand même, de respect, de, de beaucoup d'choses j'trouve. Moi j'ai croisé des gens d'ma génération qu'avaient pas c'respect-là pour les autres. Voilà, après, c'tait quelqu'un qu'était ultra-excessif, mais qui nous a toujours donné envie de, quand tu rentrais sur l'terrain et qu'il t'avait fait une causerie, généralement t'étais quand même remonté comme une pendule quoi. Excessif dans ses propos, dans, dans beaucoup d'choses. Mais j'me souviens de causeries phénoménales où t'avais les dents qui rayaient l'parquet, c'était, c'était incroyable. Alors j'pense qu'il était finalement, au final, juste, mais il était… Moi c'était plus le deux poids deux mesures. Y en a certains qu'avaient les capacités, qui pouvaient s'permettre certaines choses, et d'autres qui n'avaient pas l'droit de sortir un ch'veu de, du rail. C'était vraiment, c'était plus ça qui m'dérangeait chez eux, c't-à-dire que, en gros, des fois, y en avait certains qu'avaient un potentiel plus important qu'd'autres, et, du coup, eux, pouvaient s'permettre certaines choses que toi tu pouvais pas… À un moment donné tu vois Berthaud, qu'arrivait pas à avoir un bon niveau sur l'terrain, il a fait l'con, ils l'ont dégagé. Voilà, mais du coup l'exigence que t'as, comportementale finalement, elle est à géométrie variable avec ta capacité à être bon sur l'terrain.

MOI

Ouais, quand j'étais à Montpellier, j'avais pas ce truc de ressentir, entre nous, la compétition. Moi la sensation que j'avais c'était de me battre contre… C'était de me battre contre le coach. Il nous mettait tellement une pression de ouf, que je n'connaissais pas, et je sentais qu'il avait peur. Qu'il avait une pression de ouf, moi c'est contre lui que je me battais, enfin je m'en rendais pas compte, en fait, mais avec du recul, je me dis, putain, mais y me mettait tellement une pression, je prenais plus de plaisir à jouer quoi.

Moi je suis venu avec mon djembé et ma guitare quoi… J'ai eu honte, mais je m'en rendais pas compte, le djembé je savais même pas en jouer.

On jouait la peur au ventre un peu quand même… Je me rappelle quand on est allés en Corse, à Bastia, on flippait les gars sur le terrain, à cause de Fortier qu'avait pas voulu que j'aille serrer la main au gars au match aller, on allait se réconcilier. Le pire c'est que Fortier lui-même flippait trop. C'est drôle parce que moi je, enfin, moi, je les respecte pas du tout, moi je suis énervé contre eux, ils m'ont niqué ma passion du football, surtout Fortier, parce que c'était pas ma manière de jouer, c'était hyper défensif, hyper dur sur l'homme, les entraînements je les trouvais, enfin je m'en rendais pas compte sur le moment mais hyper monotones tu vois quoi, et puis la psychologie c'était n'importe quoi. On d'venait des produits. C'est ouf parce que euh, moi en fait, ayant arrêté à seize ans, je pensais, moi j'ai fait une sorte, c'est comme si j'commençais une nouvelle vie, c'était ouf 'fin je m'y attendais pas quoi. Après ça j'ai pu expérimenter plein d'trucs et tout ça mais, là en, y a plein d'moments où j'regrettais, mais là maintenant en écrivant j'ai eu l'impression de rentrer de vingt ans d'exil, et de sortir de vingt ans de dépression larvée.

Pendant le centre de formation, les potes, ça s'est éloigné en un an. Puis on ose pas parler en fait, moi j'osais pas dire que ça allait mal aux potes et tout ça.

À la fois je regrette pas de pas avoir continué parce que je suis trop content d'avoir fait ma vie, mais c'est moi qui ai décidé moi-même de stopper mon rêve, et c'est terrible parce que c'est y a un truc fucked up tu vois. C'est même pas que je rêve d'être f, je kiffe, je ne suis plus dans le truc *ah j'aurais aimé être footballeur* mais c'est que y a un truc en moi qui s'est brisé. Brisé, toute mon enfance en fait n'existait plus. Et rien n'était à la hauteur.

Moi je me suis pendant, très souvent, accusé moi, tu vois je me suis dit, c'était ma faute, c'était mon choix et tout ça. Et là je reviens sur ça, et là je me dis c'est le système de formation tel qu'il est, le le le le football professionnel aussi tel qu'il est, qui nous emmène dans ce type de comportements, qui nous fabrique, qui nous met tels quels.

RÉMI

On s'aimait bien, quand même, on arrivait à s'supporter même si on était tout l'temps ensemble, en concurrence, en tout, on s'aimait bien.

J'me battais tellement contre moi. J'arrivais pas à être à mon niveau, j'me sentais à part.

On voulait tous se barrer.

Tu t'rappelles la louche à Song ? T'as mis une louche à Song. Tu vois qui c'est Song ? Il a joué au Barça... Arsenal... Bah oui. C'était un monstre. Tu l'as tué. C'est pour ça, j'me dis, *lui il arrête putain...* C'est ça, en fait, t'sais, toi tu pars de plus loin et toi en gros t'arrives jusqu'à la barrière défensive, et tu fais une louche entre les deux, et t'es passé, t'es passé, t'es allé au but.

J'ai pas d'excuses d'un côté, parce que j'ai eu que des coachs ils ont tous été entraîneurs de Ligue 1, c'était des bons gars, alors p'têt qu'ils étaient en formation à l'époque, mais c'était pas des mauvaises personnes. Un peu d'abus aussi, alors qu'on est des enfants. Mes parents y connaissaient rien à ce milieu. J'avais pleuré d'vant Fortier, il nous avait fait un point à l'Institut, sur les bulletins scolaires, t'rappelles ? Il m'a dit *ils font quoi tes parents comme métier dans la vie ? – Mon père est ouvrier. – C'est ça qu'tu veux faire plus tard toi ?* Vu qu'en fait t'sais j'voulais être pro moi t'façon, donc en fait l'école... Y m'fait *imagine tu t'blesses t'es pas pro et tout, c'est ça qu'tu veux faire en vrai ?* J'm'étais mis à pleurer après, parce qu'il avait parlé d'mes parents et ça avait brisé ma carapace. C'est ça, j'me disais, en fait, putain mon daron d'là-bas, c'est lui en fait, c'est lui qui m'fait un point sur mes notes, c'est lui qui me... C'était le seul référent. C'est beaucoup pour un coach. Mais c'est vrai qu'Montpellier j'arrive pas à trop en dire du mal, en vrai. Montpellier c'était quand même bien, autant le CREPS j'y ai souffert mais Montpellier j'ai souffert mais j'y ai passé des super moments d'ma vie. C'était super enrichissant, y avait beaucoup d'plaisir là-bas, notamment des tournois, c'était vraiment incroyable. Après j'ai passé deux, trois, quatre ans d'ma vie à parler que d'Montpellier, pendant des années et des années j'ai parlé que d'Montpellier mais que en bien.

Ah ouais, j'me rappelle l'eau écarlate... l'effet il restait un peu sans qu'tu t'en rendes compte en fait. Quand y avait d'la musique, la musique elle sautait comme un disque rayé, alors qu'c'était normal. Au final on a arrêté parce qu'y a Berthaud qui s'est mis à saigner au bout d'deux-trois semaines. Lui il le f'sait tous les jours tout seul, nous on s'réunissait tous dans une chambre, on sniffait du truc, ça f'sait pas d'bruit, ça nous déboîtait.

Y a tellement d'interdits que du coup tu veux tous les… Et puis quand c'est fini, pendant un moment j'fumais un paquet par jour, j'te dis, j'buvais presque tous les jours, mais t'sais normal quoi, j'buvais mon sky.

J'ai fait une dépression.

À un moment, j'y croyais plus, qu'j'allais réussir, alors qu'j'aurais dû. Tout ceux qui y ont cru, ils ont joué plus haut en fait. Ceux qu'étaient sur l'banc avec moi, y en a trois qu'ont fini pro, les autres étaient en fin d'carrière. Tous les jeunes de mon âge, ou plus jeunes que moi, ils sont sortis après, mais moi j'avais déjà abandonné dans ma tête. Maintenant, j'suis en compensation totale. Peut-être en gros j'ai, j'ai raté ma vie, et j'vais compenser toute ma vie grâce au bonheur de mes enfants. Mais c'est pas rose tous les jours non plus, même si ma femme est merveilleuse mais c'est pas tous les jours tout rose. Moi j'ai fait une vraie dépression, j'suis resté un an dans mon canapé. Après, alors après avoir travaillé, et j'buvais tout l'temps et j'fumais tout l'temps, et c'est mes enfants qui m'ont fait arrêter d'fumer.

En fait, en formation, si tu, si tu laisses une faille… ben oui, parce que tu culpabilises, moi j'voyais ma mère pleurer. Moi j'pleurais aussi, mais quand j'voyais ma mère, tu vois, en scred, t'sais, quand ils partaient après, ben là j'culpabilisais, j'fais *j'arrête, j'suis égoïste, j'suis…* J'ai appelé plein d'fois moi mon père, j'lui ai dit *j'reviens plus.*

En fait, tout ça ça part d'un rêve. Les gens ils parlent d'argent, Mbappé il veut d'l'argent, c'qu'il fait avec les pubs, et tout. Mais à la base, toi, moi, Mbappé, c'est pareil. Quand on est nés on a voulu faire pro, tu savais c'que c'était l'argent ? Ben non. Et puis c'est d'venu un métier. Et puis on nous a dit *on investit sur vous, vous nous coûtez tant à l'année*. On d'venait des objets.

Le travail, moi, j'y ai laissé ma peau presque, j'travaillais dans la téléphonie, et l'objectif c'était de vendre tous les jours, après t'avais tes primes quoi. Et j'm'étais fixé comme objectif d'être le responsable de la boutique la plus grosse de l'enseigne, donc ça j'ai réussi. En fait j'ai fait ça pour avoir un CV mais c'était pas mes valeurs, j'en avais marre. Mais après j'ai craqué, j'me suis dit t'façon *ma vie c'est pas ça moi, qu'est-ce que j'fais là ?* Et j'ai démissionné, j'ai touché une prime et tout. J'ai passé un an dans mon canapé quasiment à dormir, toute la pression du boulot, du foot, tout, j'sais pas, m'est tombé sur les épaules. Ma femme est restée avec moi, alors qu'on s'était séparés pendant six mois, j'faisais n'importe quoi, et puis, après, j'ai arrêté l'boulot, elle m'a d'mandé d'arrêter, et quand j'ai arrêté l'boulot, tout est r'tombé. J'étais une merde. Et après, j'me suis r'construit grâce à la prépa mentale, tu vois, j'ai travaillé sur moi avant et après j'me suis dit faut absolument que, j'veux plus qu'y ait des sportifs comme moi qui souffrent de leur passion. Et, et, mon truc, t'sais, ma phrase, c'est, c'est *rentabilise tes sacrifices, atteins tes objectifs*, en gros, *fais pas les choses pour rien, fais pas comme moi*, et voilà, c'est des gens comme ça qu'j'peux aider. Le médecin m'a pas dit qu'j'étais dépressif. J'ai pris des cachets pendant un moment, pendant six mois. J'étais contre, y m'a obligé, y m'a dit *si t'en prends pas, après ça peut être beaucoup plus grave, tu peux t'faire hospitaliser et tout, franchement c'est rien j'te promets*, parce que j'le connaissais bien mon médecin, *j'te promets tu peux pas d'venir accro à ça*, t'sais, j'avais peur après, si j'me sens bien moi j'en prends tous les jours, j'fais ça avec l'alcool et la cigarette déjà.

Avec le recul j'suis reconnaissant de l'exigence de Fortier. Quand t'es avec une équipe de seize ans, des merdeux un peu, il s'est investi comme avec une équipe de pro, de Ligue 1, et ça, on peut que lui être reconnaissant, parce que, y en a tellement qui, qui s'en battent un peu les couilles quoi.

THOMAS

L'éducation sexuelle, en préformation, c'est ça l'pire, c'est l'pire truc, qui laisse des séquelles.

C'est branlette collective tout l'temps, quasiment tout l'temps, ça j'en ai r'parlé plein d'fois avec des potes, c'est taré. Dans chaque salle de cours y avait un magnétoscope et une télé quasiment, donc nous on arrivait à choper les clés.

Dès qu'on avait un p'tit peu d'temps y en avait qu'avaient des cassettes de boules, de films de cul, on mettait d'dans et puis on s'branlait quoi. Et tous dans la pièce, et on giclait par terre. On giclait dans des chiffons et tout mais y avait des gouttes. Moi au début j'arrivais pas à gicler, c'était impossible, parce que j'y allais, parce que j'pensais qu'c'était normal un peu. Et j'me branlais et tout mais ça f'sait rien, j'bandais même pas des fois tu vois. Après, à la fin, j'y arrivais, au bout d'deux ans. Mais c'est trop bizarre quoi, en plus j'avais jamais fait ça avant, j'ai découvert ça là-bas moi, j'm'étais jamais branlé chez moi. Et après bon tu penses qu'à ça, tu fais que ça.

On s'essuyait contre les rideaux des salles, donc les rideaux étaient bleus, bleu marine, et tu r'gardais, nous la journée on passait devant les rideaux, on f'sait coucou aux profs qu'étaient en bas, on les gênait un peu, ils tiraient les rideaux et c'était tout plein de sperme. On appelait ça le zaal, on avait notre, nos mots tu vois, c'était du zaal, le sperme c'était du zaal. Et donc, tous les rideaux pleins d'zaal, pleins d'sperme partout, tu voyais des traits blancs, des taches blanches partout, dégueulasse, comme d'la colle sèche, et le but c'était d'en mettre le plus possible sur tous les rideaux de tout l'centre.

J'me souviens d'un film, d'un titre, parce que j'me rappelle on s'battait tous pour avoir la cassette, c'était *Rêve de cuir 2* avec Tabatha Cash, ça j'me rappelle.

Moi j'ai connu ça comme si c'était normal, donc j'ai toujours trouvé ça normal, ça m'a pas dérangé, et du coup on s'branlait tout l'temps, tous les soirs. Donc jamais personne touchait l'autre ou quoi, tu sais, c'était super, on s'regardait pas en fait, tu vois, tu r'gardais même pas les autres, c'est juste que je pense que on avait tellement besoin d'être en confiance que, ton apprentissage du sexe il est chelou.

On était malades de ça, on était malades de sexe, c'est aussi la puberté. On avait réussi à voler des clés des salles.

On pensait qu'à ça regarder les jupes des profs.

On ramenait des meufs, et puis après on s'faisait sucer, on avait nos biatchs quoi. Y en avait une qui venait, elle suçait tout l'monde, ben souvent quatre-cinq, j'en connais plein qui s'sont dépucelés. Pas moi, moi j'ai fait ça avec une meuf qu'était en vacances vers chez moi, hors centre quoi. Mais j'voulais absolument m'dépuceler avant d'aller au centre de formation par exemple. J'avais vécu deux ans là, où j'savais pas s'il fallait l'dire ou pas, et ou machin, c'était hors de question qu'j'arrive au centre de formation et qu'j'aie pas niqué une meuf. Pour moi c'était impossible ça, et donc c'est arrivé, à quinze ans et demi.

J'en ai r'parlé avec un des potes que j'avais pas revus depuis longtemps, lui il s'était dépucelé comme ça, y en a une qui vient, *ah ouais, on la baise*, *on est trois là*, *vas-y, dis à machin ou machine d'venir*, ils y sont allés, ils étaient six ou sept, et ils passaient chacun leur tour, mais normal. En fait y a pas de *wouah on va la baiser, wouah cette pute et tout*, on trouvait même pas qu'c'était une pute, c'était normal, c'était une meuf, on veut la toucher, on veut la baiser, on la respectait vraiment, et c'était une copine.

Elle, elle le vit pareil en fait, elle croit qu'c'est normal un peu, si elle a connu que du sexe avec plusieurs gars, nous on mettait toujours les mecs dans l'coup.

Après l'centre de formation, à Bordeaux, en internat

libre, les meufs, j'les baisais, j'les f'sais tourner à six potes. Ou j'les baisais avec six potes différents mais pas en même temps. Donc, une fois, avec un, j'le f'sais croquer, j'lui disais *tu veux baiser une meuf, vas-y viens*, et après ben, et donc j'ai toujours fait des trucs comme ça, des trucs de ouf, baiser à quatre, à cinq, donc, toujours par contre, tu sais, c'est un peu homophobe ce milieu, donc jamais les mecs y s'touchent ou truc, jamais, jamais, par contre on lui fait tout à la meuf. Et la meuf kiffait, elle rigole et tout, en fait c'était entre potes, un peu.

Ah non, c'est pas forcé, non, jamais, non non, non non, mais c'est forcé sans l'être, parce qu'en fait, elle s'rend pas compte de c'qu'elle fait, comme nous. Comme nous, on s'rend pas compte de c'qu'on fait, peut-être que maintenant elle s'dit *mais j'me suis faite violer* tu vois. *J'étais consentante parce que j'étais ignorante, j'étais pas consentante parce que j'avais envie ou besoin d'ça*. Après tu mets tes limites où tu veux finalement. Donc, après, oui, quand t'es plus vieux, tu bois, tu fais boire la fille et tout. Après, moi, j'pouvais pas baiser sans avoir bu, trop timide, donc moi si j'avais une fille fallait qu'j'boive pour, sinon j'avais peur qu'elle me trouve coincé, j'avais peur qu'elle me trouve nul. Mais quand j'avais bu, là, j'pouvais tchatcher qui tu voulais. Bref, on buvait pas encore au centre mais c'est pour te dire aussi les répercussions d'ce moment-là. Parce que partout où j'suis passé après dans l'foot c'était comme ça.

Ah ouais… c'était abusé.

LUCAS

J'ai joué au MHSC jusqu'en 18 ans Nationaux, j'étais pas rémunéré, y m'ont jamais fait d'contrat.

J'vivais chez ma mère à Montpellier, c'est vrai que t'as le côté c'est plus facile, parce que t'es dans ton confort, avec ton environnement, c'est vrai que c'est plus simple que d'être à l'Institut ou au centre de formation, ça c'est évident, après t'as la tentation de sortir le soir, d'aller voir les potes et tout, et aussi à c't'époque-là y avait un sentiment de moins d'considération pour ceux qui sont d'ici, en 15 ans Nationaux, les seuls qu'ont pas d'contrat c'est ceux de Montpellier ou des alentours finalement.

Et donc à dix-huit ans, y m'ont dégagé, juste avant les épreuves du bac, et le directeur du centre de formation, responsable des équipes jeunes, n'est même pas présent le jour où y m'disent de m'barrer, quand y m'disent *le directeur s'excuse, il pouvait pas être présent, parce qu'il signe un partenariat avec un club amateur de la région*, j'les r'garde j'leur dis *pardon?* j'dis *j'suis au club depuis qu'j'ai huit ans et y m'accorde même pas le respect de s'présenter d'vant mon père devant moi pour m'dire que j'suis pas gardé*... Ça c'est un truc qui m'a... ça c'est un truc... C'est d'la lâcheté.

De donner aussi peu d'considération à des minots qui se sont investis et qui ont tout donné depuis tant d'années...

Alors j'me suis r'trouvé sans club. On m'propose de faire un essai, à Rouen, la veille d'une épreuve du bac, j'y vais, mais à la fin du premier jour j'ai été obligé de dire je quitte les essais, j'avais l'épreuve du bac philo le lendemain, et donc j'suis pas pris. Finalement j'arrive à signer au FC Valence. Je joue dans l'équipe réserve, en CFA2, une saison qui se passe bien, le coach des pros, alors l'équipe première était en National et montait en Ligue 2, et j'avais des entretiens avec lui, il était intéressé pour que j'reprenne l'entraînement avec le groupe pro la saison suivante. Moi j'me blesse, mais ça pose pas d'problème au club donc on prolonge mon contrat, juste je rentre à Montpellier pour me faire opérer, avec un spécialiste genou et tout ça, pour une rééducation, en plus ma blessure intervenait à la fin d'la saison, donc j'avais tout l'été après tu vois de rééducation donc ça allait. Et en fait au lendemain ou surlendemain d'mon opération, mon agent m'appelle puis me dit que le club va passer devant la DNCG de Valence, des gros problèmes financiers, et d'appel en appel, de recours en recours, ben c'est jamais passé, et le club qui devait monter en Ligue 2 s'est retrouvé placé en liquidation judiciaire…

J'me suis quand même fait rembourser la somme prévue dans l'contrat, mais j'me r'trouve sans club, au chômage, blessé, donc sans possibilité d'faire des essais pour rebondir ailleurs, donc après plutôt le stress de qu'est-ce que j'fais maintenant, en plus c'était en août donc les inscriptions en fac, du coup j'me suis retrouvé en fac de droit mais par défaut et c'était pas du tout mon délire… donc voilà j'ai fait ma rééducation tout seul, dans mon coin, sans club pour m'accompagner, rien du tout, d'un coup cette descente, brutale, qui n'est pas de mon fait, ben j'me suis un peu écroulé mentalement quoi. J'pense qu'à c'moment-là j'étais pas assez armé, j'ai un peu perdu pied, j'ai baissé les bras. J'ai pas eu la force mentale si tu veux d'un coup de, j'avais vingt piges, tu vois déjà juste après le bac, Montpellier ça a été une grosse cassure quand même, le fait de, même en 18 ans Nationaux d'être encore titulaire et tout ça, chaque année, même, capitaine, tout c'que tu veux, l'un des seuls de l'équipe jamais d'contrat ou des trucs comme ça et qu'à la fin tu sois reçu dans un tout p'tit bureau en mode bon ben c'est bon on t'garde pas, alors qu'j'ai commencé, mon seul club c'était Montpellier, j'ai commencé j'avais huit ans, j'ai vu chaque année des copains ne pas être gardés et t'as l'impression que t'es absolument rien, en termes de considération et tout.

Donc voilà, j'ai plus joué pendant deux ans, puis après le foot m'a un peu rattrapé parce que ça m'manquait, mais j'me suis r'trouvé à jouer, voilà la DH, c'est un très bon niveau la DH mais j'me suis rendu compte que j'prenais plus d'plaisir quoi, parce que ça f'sait très longtemps qu'je l'voyais plus comme un plaisir, le foot en tant qu'tel, finalement les sources de plaisir c'était tous les à-côtés, c'est les moments qu'tu partages avec tes coéquipiers, les expériences de vie, les déplacements, mais le côté foot en tant qu'tel…

J'ai arrêté la saison suivante.

AU CENTRE DE FORMATION

en permanence entre hommes sauf à l'école

loin des miens, pas vraiment de personnes à qui parler, les hommes qui m'entourent ne m'inspirent pas confiance, peut-être à part le kiné et le préparateur physique, les autres, dont notre entraîneur qui est notre référent principal, n'ouvrent pas vraiment l'espace à la discussion, le coach, c'est comme ça qu'on appelle l'entraîneur, nous charrie, nous nargue par des piques ironiques, des blagues à sous-entendus, des micro-humiliations, des humiliations, nous surveille, nous suspecte, nous menace, fait du chantage, s'énerve facilement, il est maladroit et raide malgré sa générosité, le dévouement et la manifeste très bonne volonté qu'il met à essayer de s'occuper de nous et de faire son boulot

il nous demande si on a une copine, sous-entend qu'on a une copine, sous-sous-entend en infra-langage que ce serait quand même vraiment bien et mieux si on avait une copine, ce serait plus normal, plus rassurant, d'ailleurs il ne demande pas, de toute façon, pour lui, j'ai une copine, c'est évident, acté, l'injonction à la copine est tellement forte que je n'ose pas dire que je n'en ai pas vraiment, ou que c'est compliqué, ou que je suis pas sûr, ou que j'aimerais bien mais je sais pas si elle, et que d'ailleurs ça pourrait me faire du bien d'en parler, d'être aidé, comment faire avec la distance et la séparation de celles et ceux qu'on aime, vous auriez une idée coach ?

je n'ose pas en parler, je n'y pense même pas, je ne sais pas faire, les hommes qui nous entourent non plus

bienvenue en misère affective

au beau milieu d'un désert de soin psychologique

sur le vaste continent de la souffrance physique, considérée comme un acquis, un indiscutable, *il faut se faire mal, se dépasser, souffrir pour y arriver*, *pour réussir*, le consentement n'est pas une option, la seule limite est la blessure ou l'épuisement, au mieux, et pour les plus chanceux : la démotivation, la perplexité, la flemme, l'abandon

très rapidement j'espère me blesser pour rentrer chez moi les week-ends

mes grandes alliées sont mes chevilles, elles se sacrifient pour le reste du corps, merci base de moi de me prendre en charge, entorses à répétition, ça arrive un matin en descendant les escaliers en courant pour pas louper le bus qui nous emmène au lycée, puis après sur le terrain aussi,

au début ça marche je peux rentrer chez moi le week-end

ils me payent l'avion, ça ne dure pas longtemps, très vite ils me font jouer avec un strap

contre Saint-Étienne je marque un but d'une frappe lointaine du gauche, mon mauvais pied, qui nous fait gagner, un petit miracle, et un beau moment de complicité avec le coach qui m'a lui-même fait le strap en début de match et me dit en blaguant à la fin qu'il n'y est pas pour rien dans ce but

il y a l'histoire de ce gars à l'armée qui se coupe un doigt pour être réformé

un autre qui se met de la poussière dans les yeux

encore un autre qui se met une pomme de terre sur le tibia toute la nuit et se le brise au matin *avec cette technique tu brises un os avec une petite cuillère*

moi je me blesse pas volontairement, je veux dire consciemment, en tout cas la préméditation est plus floue et l'acte inattendu, c'est davantage inconscient, je souhaite, j'aimerais bien, ça se réalise

je ne sais pas trop comment communiquer

je ne comprends pas bien ce qu'il m'arrive

je cherche des espaces de refuge, la possibilité de fuir

souvent le corps traduit clairement ce que le corps refuse d'énoncer

avant chaque match, conseillé par un kinésiologue que je vais voir en dehors du club à Paris, je prends une dose d'Arnica 9 CH et me masse les jambes avec un mélange d'huiles, il me conseille ensuite de prendre, avant chaque match aussi, un Aspégic, je ne sais plus si je le fais

on joue à Perpignan, ma tante vient me voir et me laisse deux livres : *1984* et *Le Meilleur des Mondes* on joue contre Bastia, à domicile, je bouscule un joueur adverse, carton jaune, il veut s'en prendre à moi, l'arbitre et les autres joueurs l'en empêchent ; à la fin du match, je veux aller vers lui, pour m'excuser, parler, le coach m'en empêche

match retour à Bastia, on est tellement contents de prendre l'avion et d'être logés à l'hôtel pour jouer au foot, la classe, on se sent devenir pros, on franchit un palier

match le lendemain, pas la même histoire, on a tous la peur au ventre, le coach le premier, on se fait démonter, on perd, on n'arrive pas à jouer, prostrés, on craint pour notre intégrité, on sent la pression des supporters, des joueurs et de l'équipe dirigeante, la méchanceté, la violence, l'envie de se venger, de se faire justice, je ne leur en veux pas ; j'en veux au coach

un tournoi international dans un petit village du Sud-Ouest, on joue entre autres contre les USA, il y a une fête le soir, on est logés chez les habitants, le coach nous laisse libres de rentrer à l'heure qu'on veut, avec Rémi on choisit de loger ensemble, on rentre à peu près en même temps, tard, j'étais avec une meuf du coin, chaque année me dit-elle, elle se choisit un des footballeurs du tournoi et elle sort avec lui

on a beau être à cent mètres d'un théâtre national, aucune collaboration entre les deux lieux

on bouffe mal, nourriture premier prix, pain blanc, c'est radin, petites économies, comme les crampons

on est interdits de sortie sauf le samedi aprèm, quatre heures de permission, on file en centre-ville c'est macdo pour tout l'monde, sauf pour moi, je boycotte et mange des pains bagnats

centre commercial du polygone, en groupe, on essaye d'accoster des meufs, je suis nul, c'est flippant, j'ai la pression, j'y arrive pas, pourtant je veux

c'est l'activité principale du samedi aprèm

on achète des fringues

une fois, on va au cinéma multiplexe d'odysseum, j'vais pas voir le même film que les autres

coup de folie, avec Antonin, on va se boire une mauresque à l'indiana d'antigone

nos placards sont fouillés par le coach et la direction pour voir si on planque pas de la bouffe, je planque des fruits secs, ils me foutent la paix ; mes coéquipiers viennent m'en voler, je mets un cadenas à mon placard, ils me foutent la paix

le directeur du centre inspecte les chambres toutes les semaines, une semaine que je n'ai pas vidé ma poubelle, il la renverse par terre au milieu de la chambre

une bagarre éclate à la fin du match contre Castelnau-le-Lez, chez eux, je ne me bats pas contre eux, je sépare et m'énerve contre mes coéquipiers, Loubet me chambre, *Gabard on se bat et lui il sépare*, rire moqueur

un samedi matin à l'entraînement, la veille d'un match, l'entraîneur nous apprend à plonger dans la surface pour obtenir des pénaltys, si un joueur adverse nous touche ou nous pousse, il faut en rajouter et tomber, simuler la chute, ça me révolte, je suis dégoûté qu'il nous apprenne à faire ça, indigné, mépris pour l'entraîneur le coach, un ancien défenseur rugueux, pourquoi c'est souvent les défenseurs qui veulent être coachs ? parce qu'ils peuvent continuer à passer leur frustration non plus sur les adversaires mais sur les gamins ? parce que pour réussir dans ce milieu violent il faut être violent ?

sur le terrain, je ne prends pas de plaisir, j'ai peur de mal faire, je ne sais pas bien quoi faire, le coach nous stresse et nous met la pression, c'est peut-être son arme la plus redoutable pour nous mener à la victoire, colère, menace, impatience, c'est épuisant, ça me dégoûte du football, je suis une machine triste entourée de machines tristes

le coach, on dirait un petit enfant en colère qui veut tout tout de suite et qui demande en criant, l'enfant, lui, pleure, le coach non, pas devant nous en tout cas

le coach, c'est pas un cas isolé, l'entraîneur lambda est plutôt comme ça

c'est donc cet enfant capricieux qui est responsable de nous

peur, fatigue, stress, déprime, des poulets hors-sol élevés en batterie

quand les pros jouent à domicile on a des places gratos, j'en peux plus du foot, je vais au stade à reculons, en plus ça joue mal, on prend des chichis, seul plaisir, c'est déprimant, moi qui suivais tous les matchs à la télé à peine quelques mois plus tôt, je n'en regarde plus un seul et fuis tout ce qui se rapporte au foot, même la salle télé me déprime, je n'y vais pas je me rappelle y avoir mis les pieds rapidement un matin pour constater que des avions avaient détruit les tours jumelles

LA MÈRE

Je voyais que tu commençais à courir sur le terrain la tête basse, ce qui n'était pas ton habitude. Ça ne te correspondait pas, tu avais l'air triste.

Peut-être qu'il te manquait de la culture, des sorties, des relations avec d'autres personnes, de la liberté...

Y avait quelque chose qui n'allait pas.

Tu ne parlais pas trop de toi, tu ne parlais pas du tout de tes difficultés ni de ton mal-être, non, oh non, on n'avait pas de discussions à ce sujet.

Nos discussions portaient plutôt sur les entraînements, les matchs, sur ton aide aux copains pour les devoirs scolaires, sur la vie en internat... mais jamais sur ton mal-être.

La première fois que tu as parlé, c'est pour dire que tu arrêtais. Sur le moment j'étais surprise parce que je ne m'y attendais pas vraiment. Mais quelques instants après, non, pas vraiment surprise, finalement, pas du tout, pas du tout, moi je le voyais au cours des derniers matchs qu'il y avait en toi de moins en moins d'enthousiasme, de joie sur le terrain.

Et comme on ne se voyait pas beaucoup on parlait plutôt de choses et d'autres on n'a jamais parlé de tes difficultés.

Et un jour, à l'hôtel, tu nous as dit *il faut que je vous parle*. Et là tu nous as annoncé que tu souhaitais arrêter définitivement le foot. Je me rappelle, on a pris la voiture, y avait un grand silence, et arrivés à la plage, tu nous as expliqué. Tu nous as fait part petit à petit de ton mal-être. Ça n'a pas vraiment été une surprise parce que moi je l'avais senti, je l'avais perçu, je l'avais vu, dans ton comportement sur le terrain, voilà.

Parce qu'il faut dire qu'au départ, moi, je n'étais pas trop partante pour que tu partes en centre de formation et en plus à Montpellier à l'autre bout de la France. Et aussi parce que tu allais partir de la maison à quinze ans, c'était un peu tôt, tu étais trop jeune pour quitter le cocon familial. En plus de l'éloignement, de l'âge, c'était aussi un départ vers l'inconnu. Surtout qu'on n'avait pas visité le centre de formation avant ce grand saut. On n'avait jamais visité les locaux.

Au directeur du centre, on ne savait pas trop lui dire pourquoi tu arrêtais, même là je suis gênée quand j'en parle, j'ai quelque chose qui me...

Dès notre arrivée, le jour de ton entrée au centre de formation, c'était comme bizarre. J'ai l'impression que tout était très superficiel, qu'on nous a montré que ce qui brillait, on nous a présenté très brièvement les gens responsables des jeunes, on n'a pas eu l'occasion de discuter avec eux pour se faire une idée. On ne nous a pas laissé le temps. Tout allait très vite.

On a eu très peu de détails au niveau des entraînements, des études scolaires, de l'internat... de l'alimentation, du suivi médical... et, si tu veux, nous les parents, on a découvert tout ça au fur et à mesure de nos visites, de ta vie dans le centre de formation.

Et moi, pourquoi je n'étais pas trop d'accord pour que tu partes, c'est parce que, au fond de moi, je ne le sentais pas trop ; j'ai demandé des renseignements de toute part comme je pouvais car à ce moment-là on n'avait pas d'internet et des réseaux sociaux pour chercher des informations.

Aussi j'avais demandé conseil à notre grande amie de la famille, Alice, et elle me disait *si Mathieu veut faire ça tu ne peux pas l'empêcher, même si tu as des craintes, des peurs. Parce que plus tard, il pourrait te le reprocher, de pas lui avoir dit oui, d'aller vivre cette expérience de foot, de vivre son rêve, sa passion, même si tu as un petit truc au fond de toi qui te dit il ne faut pas.*

Si je m'étais écoutée en tant que maman et avec ce que je ressentais, j'aurais pu m'opposer davantage, mais est-ce que j'avais le droit de faire ça ?

Je pense que je ne l'ai pas fait parce que c'était ton rêve de devenir joueur professionnel de foot et tu étais tellement passionné et heureux de jouer au foot.

Tu as passé toute ton enfance à jouer au foot avec tes copains et à t'entraîner au FC Garches avec Brahim et Pépé, un entraîneur hors pair, très humain, très visionnaire, puis au FC Versailles avec Hatem Ben Arfa.

Puis à l'AS Saint-Étienne où ton père t'avait conduit avec le père d'Hatem pour faire les détections des jeunes de treize ans ; tu avais été pris pour intégrer le centre de préformation et là on avait dit non, tu étais trop jeune et c'était trop loin de Paris.

Et les détections à Clairefontaine où tu avais passé toutes les étapes pour intégrer un centre de formation : huit clubs français t'avaient repéré, et, en dernier lieu tu avais hésité entre le club de Sochaux et le club de Montpellier.

Pour moi, le centre de formation était la suite logique pour aller vers une vie de joueur professionnel.

En fait c'était difficile pour moi de m'opposer à ton départ, je n'avais pas les éléments pour dire *non, je ne veux pas que tu y ailles*, j'avais seulement les sensations, peut-être le « septième sens » des mamans !

Autour des terrains, c'était comme au marché aux bestiaux, ça me faisait penser à papi, quand il allait vendre ses veaux à Rabastens et les maquignons qui les achetaient.

En fait, on a été grisés par cette chance qui s'ouvrait surtout que tout te souriait, le sport et les études ; c'était une grande chance de rentrer dans un centre de formation, c'était, eh bien, c'était un peu comme ces Star Academy là, tu avais été sélectionné, c'était quand même exceptionnel.

Un privilège voilà, donc il ne fallait pas laisser passer cette chance non plus quoi, et euh, c'était ça l'ambiguïté.

Et puis comme tu étais très heureux dans le foot à

Garches et tout ça, à Versailles, y avait cette joie, quelque part moi je n'ai pas dit non.

On était tous un peu débordés par l'ampleur de la chose et on ne savait pas trop communiquer.

J'avais beaucoup pleuré le premier jour quand on s'était quittés, quand tu avais monté les marches du bâtiment du centre de formation. J'ai toujours l'image dans ma tête.

Quand on est venus à Montpellier, j'étais d'abord très surprise, choquée, sidérée. À peine arrivés, juste sortis de la voiture, dépôt des bagages dans le hall et pof en tenue de foot direct, et, sur-le-champ, après un petit discours, l'entraîneur vous demande de faire des séries de pompes devant nous, tous les parents, comme ça en guise d'échauffement, et ensuite un tour de footing dans les vignes, quelques kilomètres, rien de tel pour être dans le bain ! Et c'était parti. À la dure. Coupure nette.

L'accueil a été bizarre, alors pas chaleureux du tout. Ce n'était pas ce qu'on avait connu avant à Paris. Vous étiez jeunes quand même il ne faut pas l'oublier ! La couleur était annoncée. Et nous on n'était pas préparés à ça. J'avais dit à ton père *dis-moi, c'est un peu brutal quand même, on arrive juste de Paris avec Mathieu et c'est l'enchaînement direct sur l'entraînement physique.* Il fallait nous montrer à nous les parents que c'était du sérieux ! Alors ça c'était un peu gros, c'était abusé. Ah, j'ai trouvé tout ça très dur, il y avait beaucoup d'incompréhension pour moi, c'était très dur ce premier jour.

En plus on allait te quitter pour quelques semaines, moi j'étais dans les émotions de la maman. C'était très bizarre à l'intérieur de moi, j'étais mal par tout ce que je ressentais et tout ce que je commençais à percevoir.

On ne fait pas ça, on n'agit pas comme ça. On fait un accueil plus chaleureux vis-à-vis des nouveaux et de leurs parents, ça manquait de, ben c'était allez hop on entre à l'armée quoi, on met le treillis et on commence l'entraînement !

Le premier jour. Les premières heures. On t'avait amené à deux heures, à quatre heures vous étiez déjà partis courir.

Les premières fois où on venait te voir, j'avais été surprise par le côté spartiate, très sobre et pas très chaleureux des lieux, un internat en fait. On a pu visiter la salle à manger, voir le dortoir et ta chambre seulement la première fois où on est venus te rendre visite. On ne voyait pas souvent les responsables non plus.

On avait à faire davantage avec le directeur, qui était enthousiaste, rassurant et nous donnait des informations sur ton intégration dans le centre de formation. D'après lui tout allait très bien pour toi. On le croyait, il n'y avait pas de raison.

Mais c'était ça la confusion, l'entraîneur était aussi votre éducateur. On avait découvert bien plus tard que l'entraîneur était votre responsable. Au début je pensais que c'était le directeur qui gérait tout, et moi vraiment, je pensais que c'était le directeur le responsable de votre éducation, pas l'entraîneur. En fait je pense qu'il faudrait faire un essai d'une semaine ou deux dans le centre de formation avant de s'engager et de signer le contrat pour se rendre vraiment compte si ça va convenir ou pas. Parce que quand tu vas commencer un travail, tu as quand même une période d'essai, là c'était quand même une sorte de travail, et, là, je pense qu'il faudrait demander une période d'essai.

En fait, tu avais signé un contrat et tu étais rémunéré. Tu étais un travailleur, à l'âge de quinze ans.

Comment vous défendre. Puis on ne communiquait pas assez ou alors on n'entendait pas.

On était des parents démunis et loin en plus.

On se voyait seulement une fois par mois, quand on venait te voir. On avait un voyage par mois en avion payé par le centre de formation.

Eh oui, il n'y avait personne qui vous défendait. On était allés se renseigner à la FFF à Paris avant que tu signes le contrat.

Parce qu'ils vous faisaient tellement miroiter que c'était une chance, tout était masqué là-derrière, je me suis sentie roulée dans la farine avec ça.

Ah, oui, oui, c'est une chance votre fils, il va réussir, il joue bien au football, moi je me suis sentie un peu dans ma tête, emmenée vers, vers ça quoi, en fait.

Quand on a vu déjà l'entraînement le premier jour, après, la nourriture, c'était quand même pas ça, le centre, la chambre, c'était quand même l'ambiance pensionnat. On a découvert ce qui n'allait pas petit à petit et on en parlait un peu avec les personnes qu'on voyait quand on venait te voir mais on ne parlait pas beaucoup.

Oui, oui, on avait fait des choses pour la nourriture, ils avaient commencé à intégrer dans les desserts des yaourts bio, à mettre petit à petit un peu de bio dans les repas, à vous donner des aliments un peu plus sains.

Mais aussi des yaourts au lait de soja, c'était pas top avec les OGM.

Ah oui, oui, j'en avais parlé avec le kiné-nutritionniste avec qui on parlait pas mal ; et au bout de quelque temps, sur le plan de la nourriture ça commençait à s'améliorer ; vous aviez des repas avec des produits de plus en plus naturels ; le bio c'était un peu avant-gardiste.

Oui, ça, ça avait bien évolué ça, ça avait été un côté positif, je me souviens même qu'ils vous servaient des pâtes bio à certains repas.

La nourriture était certainement bien équilibrée mais industrielle, comme dans beaucoup de cantines.

D'un côté on nous montrait qu'il y avait des moyens et de l'autre on découvrait qu'ils faisaient des économies pas possibles, c'était surprenant et un peu déroutant.

Ça m'avait déçue de constater qu'ils faisaient des basses économies sur vous, tellement ce n'était pas pensable.

Et quand tu as quitté le centre de formation, ça a été assez compliqué pour t'inscrire au lycée public de Saint-Cloud. Ils demandaient un examen d'admission étant donné que tu venais d'une école privée hors contrat avec l'État. Tu n'as pas eu l'examen pour entrer en classe de première ES, niveau insuffisant avaient-ils dit. Surprenant car tu avais toujours été un très bon élève. Du coup, on avait demandé pour intégrer une classe littéraire, ça a été accordé après avoir beaucoup insisté. Tu as réussi l'examen tout juste. À l'école du centre de formation, l'enseignement était d'un niveau très moyen, c'est vraiment dommage.

Et j'aimerais ajouter quelque chose.

Attention, parents, quand votre enfant est sur le point d'intégrer un centre de formation, renseignez-vous sur l'établissement scolaire dans lequel votre enfant va suivre ses études, regardez si c'est public, privé sous contrat ou si c'est privé hors contrat, et sur le niveau d'enseignement car les études c'est très important pour la suite. En tant que parents, il faut être très vigilants sur tout, et ce n'est pas facile, et surtout dialoguer avec les responsables en allant chercher les informations et bien communiquer avec votre enfant. Je trouve dommage qu'il n'y ait aucun lien entre la cellule familiale et le centre de formation pour tous ces jeunes mineurs.

Ce que je trouve assez sympa c'est quand tu as fait le choix, qu'on a fait le tour des clubs.

Sochaux, Montpellier… qu'est-ce qu'on a fait encore ?

Toulouse et Amiens.

Y avait Saint-Étienne aussi, mais c'était un peu différent.

Le recruteur du PSG était venu, mais j'ai dit *bon pour l'instant, c'est un peu tôt je pense*, parce que ça c'était avant que tu prennes la décision de partir vraiment en, ah c'était quand tu étais à Versailles ça. Et puis j'ai envoyé chier les agents, quand j'étais à Clairefontaine, où y en avait, ça tournait autour de toi, j'ai toujours la photo et je dis *mais écoutez monsieur ce n'est pas la peine d'aller voir mon fils, si vous avez quelque chose à dire, c'est avec moi qu'il faut voir, pas avec mon fils*. Ils allaient te voir toi, et puis je leur disais *mais non, ce n'est pas la peine d'aller voir Mathieu, c'est moi qui décide, ce n'est pas à lui…* Et puis je me rappelle je lui avais dit *de toute façon si il est bon à quatorze ans ou à treize ans, il sera bon à dix-huit ans, et là ce sera différent, c'est lui qui prendra la décision.*

Oui, le PSG, ben tu avais un paquet de clubs sur toi, tu te rappelles ? Sochaux, Amiens, Montpellier, Paris, Toulouse, Châteauroux...

Après y avait eu Nantes qui avait été sur toi aussi je crois.

C'est vrai qu'à Garches au foot tu t'éclatais, ça c'est clair, et, quand Pépé est arrivé, ça a été une autre dimension pour toi.

Après, Montpellier, je pense que le cadre, le cadre où tu étais, si il y avait une autre personne que, enfin d'autres personnes à l'encadrement, avec une autre philosophie, je pense que tu aurais été footballeur, ça c'est clair. Maintenant c'était comme ça, ta mère, je sais, je m'en rappelle, on avait fait pas mal de choses, ta mère plus que moi, pour que la cuisine soit plutôt bio et cætera. Cela étant, les relations qu'il y avait avec l'encadrement, le problème c'est qu'il n'y avait pas de discussions.

À Fortier je lui ai dit, *Mathieu il arrête parce qu'il ne se sent pas bien ici.*

Je me rappelle il était déçu que tu partes.

On a vu le désintéressement ou la passion se désintégrer de semaine en semaine, on sentait que tu n'étais pas heureux là, ta démarche, comment tu étais. Tu n'étais plus le moteur, sur le terrain et sur tout, je pense que tu te posais beaucoup de questions et tout.

La seule fois où tu nous l'as dit c'est que voilà tu arrêtais le foot, sur la plage. C'était à la plage de Carnon ou un truc comme ça, ah mais je m'en rappelle très bien. Et qu'est-ce qu'il y avait, ce n'était pas un soir d'élection ou un truc comme ça ?

Mais y avait quelque chose d'important, enfin bon voilà. Non, je me rappelle très bien de ça, très déçu, où je faisais certainement abstraction de ton comportement et autres, mais très déçu que tu arrêtes.

Je ne voyais peut-être pas, comment, ton mal-être. Mais, on n'a pas dit non, voilà, je n'ai pas dit oui non plus hein, mais bon. Non, non, mais voilà.

Oui, oui, enfin nous, enfin, ta mère et moi, je pense, c'est tous les deux.

Oui, j'étais déçu, parce que, mais déçu, mais après, voilà, mais c'est notre, c'est ma philosophie, après voilà les gens font ce qu'ils font, peut-être des fois que tu pourrais te dire *ben non tu aurais dû lui dire « ok, non non tu continues »*, peut-être que tu serais footballeur, mais pas heureux. Donc, à ce jour, je n'ai aucun regret de la décision ou de l'acceptation de ta décision. Voilà, ça, j'ai aucun regret. Mais c'est vrai que pour un père, tu as un fils qui est jeune espoir du Montpellier Hérault Sport Club, c'est un honneur malgré tout.

C'est un honneur et il y en a certainement qui ont dû penser *mais ils auraient dû insister pour que Mathieu continue*, ça je suis sûr qu'il y en a qui l'ont pensé, ça c'est évident.

Tu te dis *c'est un peu dommage, des qualités comme ça, ne pas aller plus loin*, c'est ça. Mais bon, après, mais voilà, d'avoir des capacités comme ça, ne pas les utiliser, c'est un peu dommage. Maintenant, maintenant, le cadre n'était pas bon. Alors, peut-être que, on aurait dû te dire *bon ok tu arrêtes ici et tu pars dans un autre club où y a plus...* peut-être que Sochaux aurait été beaucoup mieux, tu vois, mais ça on ne peut pas savoir.

Je pense que à cette époque-là tous les entraînements c'était, allez peut-être différent, mais pas dans le fond, d'être à l'écoute des joueurs et des jeunes, de la personnalité, je pense il n'y en a pas beaucoup qui travaillaient là-dessus.

Oui je m'en rappelle oui.

Oui, oui, oui, non mais c'est clair. Après, pourquoi tu as arrêté ? On en avait parlé un peu, je pense, mais parce que voilà, tu ne te sentais pas bien, et puis ta mère elle a dit oui de suite, voilà, parce que, elle, ce n'était pas, voilà, tu verras bien ce qu'elle va te dire, donc c'était, voilà...

Déçu sur le moment voilà, après, bon après c'est le choix, voilà... Mais quelquefois, comme toi, je me dis *mais peut-être que j'aurais mieux fait d'insister.* On ne peut pas savoir.

Oui sauf je me disais à un moment donné, tu peux te poser la question, *ah oui mais je n'aime pas les contraintes*, tu vois, *je n'aime pas les contraintes, donc, c'est facile j'arrête.* Tu vois, pourquoi pas aussi ?

Moi je me disais que, *oui, dès qu'il y a des contraintes, il arrête* quoi, alors que, ben non, pas spécialement, parce que, certainement que tu as vécu des contraintes, qui pour toi étaient des contraintes, qui pour nous de l'extérieur, c'était l'entraînement normal et c'était le jeu normal, tu vois, c'est, c'est une perception différente puisqu'on n'est pas dedans.

Pas de, pas de, pas d'ordres. Ce que tu vis là actuellement aussi un peu. Tu fais ton cheminement.

Donc, voilà, donc les chiens font pas des chats, donc c'est pour ça je pense que, aussi, on a accepté, enfin j'ai accepté.

Non, je n'ai jamais entendu papa dire qu'il avait fait le service militaire, donc on est antimilitaristes, quand même. D'une certaine manière.

Et je n'ai pas fait mon service militaire. Enfin si j'ai fait trois mois quand même.

Faut que je te raconte comment ça s'est passé. Avant mon affectation dans les chasseurs alpins à Briançon, je travaillais à l'entreprise à Jû-Belloc avec mon père, et suite à des douleurs à l'estomac, passage d'une radio, détection d'un ulcère à l'estomac. Dès mon affectation à Briançon, à la visite médicale j'informe le médecin de mes problèmes de santé. Sa décision est de me mettre au repos en chambre en attendant une amélioration de mon ulcère. Et un matin le capitaine vient me voir dans ma chambre en me demandant de faire un crapahute de deux jours avec comme objectif, faire le parcours du combattant, je dis oui tout en pensant qu'il était informé de mes soucis de santé. Donc le lendemain marche de cinq à six kilomètres, nuit dans le fort et le lendemain parcours du combattant, pour l'histoire, je refuse de tirer au fusil, donc rapport au capitaine. Le soir retour à la caserne à pied avec une dizaine de kilos sur le dos. Sur le retour le capitaine passe avec la jeep pour récupérer les personnes souffrantes ou autres, et là je saute sur l'occasion pour l'interpeller comme quoi je ne suis pas bien du tout, je monte dans la voiture, retour à la caserne. Le lendemain, direct à l'infirmerie et de là je suis transféré à l'hôpital de la Tronche à Grenoble. Et au bout de quelques semaines, en discutant avec une infirmière avec laquelle on jouait aux cartes le soir, elle me dit si tu simules quelque chose tu devrais pouvoir sortir, je simule une dépression. Suite à la visite des médecins, je suis déclaré P3.

Moi que tu partes de bonne heure, ça ne me dérangeait pas trop, ta mère ça la dérangeait beaucoup. Voilà.

Après c'est la relation père-enfant et mère-enfant, mère-garçon, attention, en plus c'est tout à fait différent, on n'a pas du tout le même regard. Y aurait eu une fille peut-être que mon regard aurait été différent, même si elle faisait un sport, tu vois.

CONSCRIPTIONS

je n'ai pas connu le service militaire

mon grand-père maternel a été appelé pour faire la guerre d'Algérie, après son retour, il n'en disait pas grand-chose, il n'aurait ni tué d'humains, ni torturé, il surveillait la frontière tunisienne ; son frère quant à lui est revenu traumatisé, ma mère m'en parle

Le plus jeune frère de papi avait de violents maux de tête. Papi aussi avait des violents maux de tête, le docteur disait que c'était suite à la guerre d'Algérie. Il ne m'a parlé de la guerre d'Algérie que très tardivement, il devait avoir dans les soixante-dix ans et avant rien, pas un mot. Je m'intéressais à l'histoire et petit à petit on a commencé à en parler car il cherchait à retrouver des compagnons qui étaient avec lui là-bas. Alors que son frère lui, avait été très très marqué par la guerre d'Algérie, je me souviens d'un fait précis très dur que mon père m'avait raconté : quand des soldats ramenaient des prisonniers capturés, pour les faire parler mon oncle avait pour ordre d'en faire rentrer un dans une pièce, de fermer la porte à clé et lui devait rester dehors devant la porte pour garder l'entrée et il entendait les tortures, les gens crier, et dehors, même les oreilles bouchées il entendait et c'était horrible pour lui, il disait *ça me rendait fou*. Il a été très traumatisé par ça. Mon père me disait qu'on avait demandé à son frère de faire beaucoup de sale boulot, qu'il en avait bavé à cette guerre, il disait, *moi à côté c'était rien, moi c'était des vacances à côté de ça*. Mon oncle me disait *oh il m'agace ton père, il veut toujours parler de la guerre d'Algérie, moi la guerre c'est du passé, j'en ai assez bavé comme ça, je ne veux plus en parler et je veux plus qu'on m'en parle.*

Mon père au début de la guerre d'Algérie était chez un colon en Tunisie proche de la frontière algérienne pour garder sa ferme et ses orangeraies, il nous racontait qu'il mangeait souvent des oranges et qu'elles étaient très bonnes, il était bien à cet endroit-là et le colon était sympa. Pour lui c'était un peu comme des vacances, et après on l'a envoyé à la frontière algérienne où il devait monter la garde jour et nuit pour surveiller la frontière, c'est là qu'avec ses copains ils avaient tué quelques sangliers et surtout un cerf pour manger, *c'était mieux que les rations* disait-il.

le deuxième frère du père de ma mère, en tant qu'aîné, était resté à la ferme des parents comme soutien de famille

le frère de ma mère a été dispensé de service militaire, pour s'occuper de la ferme mon arrière-grand-père du côté de mon père, revenu avec des troubles du stress post-traumatique de la guerre 39-45, suite aux explosions de bombes proches de lui, se baladait dans la cour de Lué-en-Beaujois dans le Maine-et-Loire avec une passoire sur la tête, mon grand-père d'assister à ça, élevé par sa mère, il ne fait pas le service militaire, reste, en soutien familial, avec elle et sa sœur

PREMIERS BALLONS

dans la cour de récréation de l'école maternelle, je suis très timide, je n'ose pas parler aux autres, des grands jouent sous le préau avec un ballon en mousse, je joue avec eux

sur une photo, c'est carnaval, je suis déguisé en coccinelle

l'argenté et le doré des cartes Panini me fascine et me fait du bien

le doré irisé de la carte de manège

mes parents au dîner un soir, m'offrent mon premier maillot, un Intersport rouge, dans une pochette cadeau, je ne m'y attendais pas, je suis ému

d'abord c'est les plateaux débutants le samedi avec l'entraîneur, Olivier B., super sympa, gentil, doux, généreux

mes copains footballeurs Olivier D., Thibault, Marc, et les autres

à la fin des matchs et des entraînements, dans les douches collectives, on s'amuse, on chante, c'est la fête, on bouche les évacuations d'eau pour faire une piscine, on est heureux

avec deux de mes potes de la résidence, Philippe F. et Philippe C., quand leurs parents viennent dîner à la maison, on se déguise avec les habits de ma mère, on enfile des talons, on met des jupes, des chemisiers, des vestes, on se maquille, une fois prêts, on va dans le salon se montrer. À chaque fois on fait fureur, les adultes rient, aux larmes parfois, applaudissent, moment de gloire, on exulte

sur ma VHS *L'Épopée des Bleus*, je vois Giresse, Tigana, Platini, chanter dans les vestiaires *Brasil Brasil lallallall-laalaaaa lalaaaa* après une victoire contre le Brésil, aux tirs au but en quart de finale de la Coupe du monde au Mexique à Guadalajara, en 1986, ça me fait rêver

mon père vient aider le club et devient dirigeant, parmi d'autres

je suis dans un restaurant russe avec Marc et ses parents, sur la télé au loin, un match de foot, France-Bulgarie, on finit le dîner, on me ramène à la maison, j'arrive devant la télé juste avant la fin du match, gros drame, la France perd à la dernière minute crucifiée par Emil Kostadinov d'une sublime frappe sous la barre transversale, Bernard Lama ne peut rien faire, je suis saisi par ces adultes qui pleurent à l'écran

à noël avec toute la famille, chez mon grand-père paternel, mes parents m'offrent le maillot de l'équipe de France, je suis aux anges

je vois les joueurs de l'équipe de France chanter *La Marseillaise*, alors pour être footballeur professionnel je dois apprendre *La Marseillaise*, ma mère, à son boulot, se fait prêter une cassette audio de *La Marseillaise*, devant mon poste radio : play, pause, chant, rewind, *allons enfants de la* play, pause, chant, rewind, j'apprends *La Marseillaise*

le soir après l'école, je fais mes devoirs à toute vitesse et vais sonner aux portes des copains de la grande résidence dans laquelle j'habite pour jouer au foot, les parents ne me voient pas toujours d'un bon œil, *non, il doit travailler*

à l'école primaire, je reviens de manger chez moi le midi, beaucoup mangent à la cantine, ils ont déjà fait les équipes et commencé à jouer

je demande à Y. si je peux jouer, il me dit *non c'est trop tard*, je lui dis *toute façon c'est toujours comme ça les Noirs*, il me fait un croche-patte, je me casse les deux dents de devant

je mens à tout le monde disant que j'ai jamais dit ça

mon père va le voir, lui demande ce qu'il s'est passé, il dit que je l'ai traité de sale Noir

je nie en bloc

un pote me dit *j'ai confiance, je sais que t'aurais jamais pu dire ça, je sais qu'tu l'as pas fait*

j'ai honte, c'est raciste, je ne peux pas avouer que je l'ai dit, j'ai trop honte

je n'en peux plus de mentir

c'est intenable

j'avoue à mes parents

mais ne dis rien aux autres

quinze ans plus tard, je le retrouve au détour d'un match de futsal, à la sortie, je lui demande si je peux lui parler, honteux, gêné, je m'excuse, il me dit en souriant, *merci de t'excuser, t'inquiète c'est oublié*

j'ai huit ans, seul, chez mes grands-parents dans le Gers, l'été, je ne sais pas quoi faire, je jongle avec mon ballon, j'erre, triste je regarde le coucher de soleil sur les collines d'en face

dans la boîte aux lettres, tous les midis je vais chercher *La Dépêche*, et j'attends et j'espère un courrier de mes parents, un jour, je reçois un colis, avec dedans une boîte de Lego qui me rend heureux

parfois je me lève tôt pour aider mes grands-parents à traire les vaches à la salle de traite

j'ai mon veau, je l'appelle Tintin

il y a aussi Kim, un chien

le reste de la journée, j'erre

je fais des pièges avec des ficelles bleues et noires, mon grand-père et mon oncle font semblant de ne pas les voir, de tomber, de découvrir le coupable, moi, caché juste à côté, et de se mettre gentiment en colère

j'essaie d'organiser une course à pied autour de la ferme, personne ne s'inscrit

il me reste la télé, un match de l'équipe de France en plein mois d'août me console

le ballon, c'est ma zone de confiance, mon moment d'intimité, ma transe

il me fait du bien, sous le bras, avec moi, avec les pieds, les mains, un ami, un copain, un compagnon je jongle, beaucoup, beaucoup, seul, à deux aussi, avec Maxime, on compte, on se soutient, on se regarde, je me rappelle du jour où je dépasse les cent jongles, cette sensation que désormais je peux jongler à l'infini

mon père joue avec moi, il fait de super extérieurs du pied ; plus jeune, il était gardien de but

trente ans plus tard, sur un balcon, un ballon traîne, et je fais une passe à ma mère, elle me le renvoie parfaitement, d'un plat du pied techniquement irréprochable, on enchaîne les passes, toujours aussi impeccables, j'hallucine, on n'avait jamais joué ensemble, petite, elle jouait au foot au collège de Marciac pendant les récrés, elle me dit *ah ben tu vois je regrette de jamais avoir joué au foot avec toi quand t'étais petit, mais j'y pensais pas*

Damien, Quentin, Florent, Philippe F., Maxime, Thibault, Dany, Marc, je joue beaucoup, dès que je peux

dans les couloirs, chez les potes ou chez moi, on joue, en un contre un, un but de chaque côté, avec une balle de tennis ou un petit ballon tout mou, plaisir intense, partout où on peut on joue au foot

en bas sur le béton de la résidence on se fait nos propres actions, on joue et on commente en même temps *Litmanen qui passe à Overmars, Overmars contrôle de la poitrine, crochet extérieur, il déborde, il débooorde se retrouve face à Schmeiiicheeeeeel, ouh la laaaaaa Schmeichel qui sooort, ohhhh quelle sortie de Peter Schmeichel, incroyaable !!! Il relance…* et cætera

je me sens bien, on me laisse tranquille, je ne réfléchis pas, je joue, j'imagine, on imagine je prends soin de moi, même quand je me blesse, les genoux qui saignent sur le bitume, je prends soin de moi, je désinfecte ou mon chien me lèche la plaie, je mets des pansements, je suis fier de mes genoux râpés pleins de cicatrices, je leur fais des bisous en les prenant dans mes bras

sur le béton toujours, je fais des retournées et des reprises de volée, j'ai pas peur

quand je suis gardien, encore sur le béton, je plonge, pas peur non plus, j'arrive bien à plonger côté gauche, mais côté droit impossible, je galère, c'est fou

je regarde la télé, tout l'temps, Eurosport, *Stade 2*, *Téléfoot*, Canal J, *Les Minikeums*, Eurosport, Eurosport, Eurosport, Roland-Garros, le basket, Pau-Orthez, Frédéric Fauthoux, les frères Gadou, Laurent Foirest, Limoges, Jim Bilba, le ski, Leïla Piccard, le tennis, Arnaud Boetsch, Cédric Pioline, Mary Pierce, handball, Jackson Richardson, football, Reynald Pedros, Jari Litmanen, Lizarazu, Ginola, Valdo, Franck Sauzée, Romario, Bebeto, Dennis Bergkamp, Frank Rijkard, Ronald Koeman, *Onze Mondial*, les posters à l'intérieur, Zinedine Zidane, *France Football*, et cætera

l'été avec mon parrain Michel à Vieux-Boucau, on lit *L'Équipe*, il joue Brassens, on regarde le Tour de France sur le grand écran du bar du camping, je me passionne pour Laurent Jalabert, et son maillot Once rose

depuis plusieurs jours je vois une pub pour le match de la finale de Ligue des champions OM-Milan AC, ça me fait rêver, j'ai des étoiles dans les yeux, un appel dans le ventre, une grande impatience, un plaisir à savoir que bientôt je pourrai voir à la télé cet événement gigantesque, crucial, immanquable, extrêmement important

la musique de la Ligue des champions, l'indétrônable musique-de-la-Ligue-des-champions, porteuse et enthousiasmante, stimulante, confortable, un appel, un clairon qui sonne, une convocation de l'univers, la musique du destin qui me chante *toutes les énergies sont tournées vers cet événement, le monde s'y rassemble, voici l'importance, notre raison d'être, c'est ainsi que nous faisons société, ainsi nous nous lions et vivons des moments forts, c'est important, c'est haut, c'est beau, ça nous élève*

quelques années plus tard, la musique de la Ligue des champions me rappelle la musique de *Hunger Games*

au final le match OM-Milan AC est nul, moche, mais c'est trop tard, j'ai vibré, Marseille a gagné, pris par l'attirail épique des images, saisi par l'épopée publicitaire, je suis entré dans le rêve, fasciné, *c'est à ma portée, moi aussi je veux le faire, je peux le faire, je vais le faire*, je fais corps avec le football, il me porte, jour et nuit

aujourd'hui encore, des rêves de football continuent d'affluer

pendant très longtemps, après avoir arrêté le foot, j'ai rêvé que j'étais dans les vestiaires avant ma finale de Coupe du monde France-Brésil, que j'allais jouer, mais j'avais oublié mes crampons, ou mes protège-tibias, et j'étais lent et je n'y arrivais pas et le match commençait et je n'arrivais pas à entrer sur le terrain

pendant très longtemps dans tous les autres domaines que je traversais il me fallait *gagner la Coupe du monde* pendant l'écriture de ce livre, je rencontre des enfants dans des classes, je leur parle de mon texte, de mon expérience avec le foot, je leur lis des passages, quand j'en suis à l'épisode des crampons oubliés à mon arrivée au centre de formation, une enfant dit en pleine lecture *ah ça s'fait pas !* avec empathie, douceur et indignation, ça me soigne, elle réagit directement, elle partage ma colère, je me sens entendu, compris, soutenu ; dans une autre classe, disant que j'aurais bien aimé répondre du tac au tac au coach mais que je n'osais pas, que je n'y arrivais pas et que même maintenant dans ce genre de situation c'est difficile pour moi, que j'ai tendance à rester prostré, un autre enfant me dit *si ça peut t'rassurer, moi aussi ça m'arrive souvent d'pas oser dire c'que j'ressens,* une autre d'ajouter *mais non, mais faut absolument parler, moi j'me laisse pas faire, faut dire quand ça va pas, moi j'le dis !* ; encore ailleurs un autre me dit *ah ton texte c'est comme dans* Blue Lock

un manga japonais

un *Hunger Games* du football

Hunger Games, c'est la série de films que j'ai le plus regardée, j'adore, ça me fait du bien, ça me parle, ça parle de moi, ça métaphorise mon foot, un régime autoritaire de musique ligue-des-championesque qui recrute de force des enfants pour les faire combattre jusqu'à la mort dans une bulle-stade télévisée, mais Katniss Everdeen perce la bulle et arrive à en sortir, avec elle nous découvrons toutes les failles et les crimes du système qui produit cette compétition d'enfants à des fins de domination politique et de perpétuation du régime autoritaire, et on suit Katniss dans ses désillusions, sa rage, son combat, son dépit, ses deuils, sa tristesse, sa colère

Blue Lock, un centre fermé autoritaro-disciplinaire, un centre de formation, créé pour produire le meilleur avant-centre du monde afin que le Japon gagne la Coupe du monde, selon Anri Teieri, nouvelle recrue de l'Union japonaise de football, et Jinpachi Ego, coach du Blue Lock, le Japon joue trop collectif, trop solidaire pour franchir le seuil des huitièmes de finale, il manque un tueur, un égoïste, un individualiste pour défoncer les adversaires et gagner ; trois cents enfants y sont enfermés : mise en compétition, menaces, manipulation, violences, stress, épuisement mental et physique

il y a les étoiles aussi, les étoiles qui me font rêver, les étoiles qui bougent, les étoiles qui tournent, les étoiles qui s'enroulent en tourbillon dans le logo Ligue des champions, les étoiles dans la pub Ligue des champions, les étoiles dans la propagande Ligue des champions, les étoiles dans l'appel à conscription Ligue des champions, les étoiles dans l'appel à s'engager Ligue des champions, les étoiles dans l'appel à réquisitionner les forces vives de la jeunesse pour servir Ligue des champions

dans le football comme dans *Hunger Games*, on parle de districts, c'est là où le pouvoir va extraire les jeunes pour les envoyer dans le dôme-stade

j'aime aller au Go Sport du Parc des Princes, je sens l'odeur des ballons et des maillots, je rêve en voyant les maillots très chers, trop chers du PSG c'est la joie quand mes parents m'achètent un ballon

on passe en voiture devant les Trois Obus, une brasserie, près du Parc des Princes, où se vendent les places du PSG, je demande à mes parents de s'arrêter, ils ont des places pour PSG-Madrid, quart de finale de la Coupe de l'UEFA, incroyable, on en prend pour un pote, son père, mon père et moi

Valdo, Kombouaré, Rai, Ginola, Roche, Lama, Colleter, George Weah, Daniel Bravo, Paul Le Guen et cætera, Paris gagne

le voisin d'en face, Jean-Marc, un pote de mes parents, chef cuisinier, les soirs de match me prête son décodeur Canal Plus

sur TF1 j'appelle le numéro pour répondre à la question, je suis hyper fier d'avoir la réponse, mes parents m'autorisent, j'attends looongtemps, je ne gagne rien

au début des matchs de l'équipe de France à la télé, je chante *La Marseillaise* en me levant, la main sur le cœur, et avec le maillot

parfois, je coupe le son, je commente, mes parents supportent ça

avec deux potes, on vient de finir de jouer au foot, je les entends parler derrière moi, et rire, l'un d'entre eux me dit *tu roules du cul comme une meuf*

je ne dis rien je crois, ça me blesse, j'ai honte, désormais je ferai bien attention à ne *plus rouler du cul comme une meuf*

je redécouvrirai plus tard à quel point c'est agréable de rouler du cul, rouler du cul comme rouler du cul, tout simplement rouler du cul contre Ville-d'Avray, dès l'engagement, je prends le ballon, dribble tout le monde et marque

une fin d'après-midi, dans la résidence, après avoir joué au foot, assis, en hauteur, sur un bloc de béton près d'un grand mur, on discute avec Damien. Je l'admire, il a deux ou trois ans de plus que moi, il joue super bien, il est très sympa, accueillant, me laisse jouer, m'aide, m'apprend des trucs, je l'adore. Je lui dis que je veux être footballeur professionnel, il me dit que c'est impossible, c'est trop difficile, je me rappelle de ce moment comme d'un moment fondateur, je ne lui réponds rien, je suis touché, je me dis, *mais bien sûr que si j'y arriverai*, ça décuple mes forces et ma détermination, j'ai une grande confiance, un grand feu, de grands rêves, j'y arriverai

je suis en stage d'été à Clairefontaine, fier, heureux, l'entraîneur est hyper sympa, on s'amuse, ça me fait rêver d'être dans l'enceinte de l'équipe de France, il fait beau, y a du soleil, on fait des batailles d'eau, on se marre, un soir mon père m'appelle, *on a perdu un ami*, qui ça ? *Wouky*

le chien de mon enfance

plus d'entraîneur au FC Garches, mon père se propose d'entraîner, je suis fier, je le revois avec son survêt rouge d'entraîneur du FC Garches et sa moustache

ça dure quelques mois

les entraîneurs se succèdent, certains sont catastrophiques

chez moi, sur un papier, je fais mes propres compositions d'équipe

un jour je me dis, on serait vraiment meilleurs si j'étais à chaque poste

le grand plaisir du moment de pression et de récompense où on nous distribue les convocations pour les matchs avec nos noms dessus

un nouvel entraîneur arrive

il se fait appeler Pépé

il a une technique incroyable, flamboyant, magnifique, on s'amuse, il est drôle, on prend un plaisir fou à jouer

parfois, quand il fait froid et nuit, il nous fait jouer en salle, on fait des éperviers, des tournois de tennis-ballon, des tournois de cinq contre cinq, plein d'exercices techniques différents, il met beaucoup de rythme et une grande énergie, il nous motive, nous exhorte, nous enthousiasme, on rigole, on se dépasse avec joie

un été, il organise un stage, au stade Léo Lagrange de Garches, atelier retournées et reprises de volée, je jubile

ce stade, c'est mon berceau, mon cocon, mon écrin, je l'aime

un hiver, il neige, au moins vingt centimètres, on est quatre ou cinq seulement à venir à l'entraînement, on joue quand même, dans la neige, on se jette, on plonge, waouhhh

j'adore jouer quand il pleut, me jeter sur la pelouse mouillée, faire de longs tacles glissés, faire des efforts et suer sous la pluie, malgré la pluie, avec la pluie, ne pas la craindre, j'ai l'impression d'appartenir au monde, à l'herbe, à la pluie, à l'équipe, à mon corps, à tout

pendant quelque temps, j'ai la superstition du pipi, je me retiens de pisser avant les matchs pour avoir une grosse énergie dès le coup d'envoi et tout dégommer

tournoi à Garches, superstition, de la casquette cette fois-ci, je garde ma casquette du FC Nantes à l'envers, je gagne, et je marque, c'est efficace, ça me donne des ailes, Pépé finit par voir ça et me dit *enlève-la, tu peux pas t'appuyer sur ça, un jour tu pourras plus la mettre, c'est d'la superstition, joue sans*, je savais qu'il allait me dire ça, je savais que je transgressais, je l'écoute

le soir après les entraînements, avec mon père, en voiture, on ramène les copains chez eux

euro 96, Angleterre, demi-finales, nouveau drame,

Reynald Pedros, le magnifique Reynald Pedros des Canaris nantais, d'une frappe molle et cahotante en plein centre des cages, rate son tir au but contre la République tchèque, la France est éliminée

le FC Garches, dans lequel je joue depuis l'âge de six ans se jumelle au club de Vaucresson pour devenir le FC 92, à mon grand dépit… après ça, on ne joue plus sur le stade-écrin-cocon Léo Lagrange de Garches que j'aimais tant

Pépé me surclasse, je joue avec les grands maintenant, j'ai honte de laisser mes coéquipiers, j'ai l'impression de les trahir, je lui dis *ok* mais je demande à ce qu'un autre joueur de mon âge vienne avec moi, je suis ravi, ça me fait peur, flatté, honteux, enthousiaste, peut-être un de mes premiers pas vers mon état d'exception, sortie de ma zone de confort, de mon cocon, j'ai onze ans ? douze ans ?

Pépé nous fait jouer à tous les postes, nous fait jouer sans ballon, nous parle tactique, nous fait réfléchir, nous pose des questions, nous fait découvrir les étirements, nous apprend des gestes techniques de fou qu'il maîtrise à merveille

il nous dit *les gars, faut entrer sur le terrain avec la rage*, j'aime avoir le droit d'avoir la rage, plus : qu'on me dise de l'avoir, une rage de jouer

pour bien jongler, regardez Maradona et les Brésiliens, ils dansent, entre chaque touche de balle ils font des petits pas

EDUARDO PEREZ ALVAREZ – PÉPÉ

y a un truc moi que j'me suis d'mandé en repensant, sur l'moment j'y pensais pas du tout, mais en repensant un p'tit peu à, à ces moments où j'suis parti de, du FC 92, quand s'est enclenché en gros un processus vers euh aller jouer ailleurs quoi tu vois, j'ai ce souvenir que autant que quand j'jouais à Versailles, les deux années, et après autant qu'j'suis parti à Montpellier, on s'est pas vraiment euh appelés. Parfois moi j'me suis dit, 'fin en m', en m'rappelant un peu l'truc j'me suis dit mais, ah putain en fait p'têt que j'aurais eu besoin, de pouvoir euh, moi j'oseuh moi j't'appelais pas, j'osais pas appeler, et même j'y pensais pas forcément, j'sais pas y avait un truc, et voilà, j'me suis d'mandé d'ton côté toi en fait, comment, qu'est-ce qui s'est, est-ce que c'est quelque chose que tu t'es posé comme question, genre ok y vit son truc, c'est plus mon problème, ou alors t'y as pas pensé p'têt 'fin j'sais pas ?

C'est pas, c'est plus mon problème, c'est que tu m'appartiens pas, donc, en l'occurrence, c'que t'avais à vivre tu d'vais l'vivre tout seul, c'était beaucoup plus de respect qu'autre chose. Parce que ça a été dur, tu m'en parles ça m'émeut. Parce que, en fait tu sais qu'tu construis des p'tits bonhommes 'fin tu construis... dans ma structure j'mets tout en place pour que vous puissiez vous épanouir dans un monde qui en fin de compte est complètement contrôlé. Mais t'amener à que toi tu réussisses à faire mais en restant toi-même. Et je sais qu'j'avais une grosse emprise inconsciemment sur vous, malgré euh c'que j'avais fait, la façon d'me, j'étais l'entraîneur tu vois, la référence, en plus j'faisais c'que j'voulais avec le ballon.

Voilà, c'était ça, et en même temps à c'moment-là, t'avais franchi un cap, mais il fallait qu'tu vives ton truc sans moi, moi j'étais là quand t'avais besoin, par contre, je savais tout c'que tu f'sais et j'connaissais tes résultats parce que je suivais tout, j'étais au courant si t'étais titulaire, si t'avais marqué, j'connaissais tes résultats, j'étais au courant d'tout c'qui s'passait, je savais tout. Mais j'avais pas à t'en parler. Ça m'empêchait pas quand j'te voyais, j'étais heureux d'te voir, j'étais content mais je savais exactement c'que tu f'sais, si t'avais joué, si t'avais pas joué, mais c'était respecter ton chemin, ton parcours. Moi j'avais fait c'que j'avais à faire mais tu m'appartenais pas, j'étais, accepter que t'es un grain d'sable ou une pierre à l'édifice, d'accord, mais basta. C'est pas comme ces mecs quand j'vois à la télé, *ouais ça a été moi qui l'ai lancé, qui l'ai découvert*. Moi j'ai rien découvert du tout, la vie nous a réunis, j'ai vécu une aventure extraordinaire. Alors qu'c'était dans un club où j'me r'trouve là et qu'j'ai pas envie d'être là, et j'ai pas l'choix. Et du coup il a fallu qu'je rende ce moment qu'était pénible pour moi parce que c'était un tout p'tit club où y avait rien, il a fallu que j'fasse, que j'me dise, si j'le vis comme ça j'vais bosser dans des conditions pourries, et un moment donné j'me suis changé. J'ai, j'ai r'mis, j'ai changé ma perception des choses, et j'ai dit j'vais créer mon projet d'enseignement avec ces mômes, parce que j'passais mon BE2 en même temps. Mais j'vais faire quelque chose d'extraordinaire, donc du coup j'ai dit, j'vais pouvoir enfin pour la première fois d'ma vie expérimenter et tout c'que j'sais j'ai dit, c'est la fédé qui m'l'a appris, j'en veux plus, j'vais pouvoir pour la première fois d'ma vie mettre en place c'que moi ma vision des choses. Et comme personne pouvait m'contredire parce que j'avais les connaissances, vu qu'j'avais les diplômes, j'ai fait c'que j'ai voulu, et j'me suis éclaté, donc du coup j'vous ai embarqués dans mon délire. Et pour qu'ça puisse fonctionner il fallait qu'j'aie des mômes qui pensent comme moi donc des gens qui avaient la même mentalité que moi, vu qu'j'étais qu'j'voyais qu'j'avais une vision du football comme les gosses, une fois passé ça, j'avais fait mon taf avec toi. Mais en fait j'avais super confiance, c'était différent, mais il fallait qu'tu vives aut' chose que moi je n'pouvais plus t'apporter, par rapport au niveau qu'y avait.

J'en suis pas conscient au moment ou j'le fais, c'est là où j'te dis que l'intuition, la façon d'fonctionner tu l'comprends qu'après, tu vois y faut faire à un moment donné, sans savoir pourquoi tu fais. C'qui permet qu'après, en fait, c'est qu'en fait j'ai compris qu'j'le comprendrais après, parce qu'y a toujours une part d'ego qui dit c'est moi qui l'ai machin, avec ou sans moi t'aurais été le même joueur.

Dans tous les joueurs qu'j'ai eus, avec ou sans moi, le joueur qui est bon il est bon, il a pas b'soin d'moi pour être bon. Qu'après tu apportes quelque chose à un gosse qui comprenne c'que t'es en train d'lui dire, c'est encore aut' chose, mais j'l'ai fait avec tout l'monde, tout l'monde n'a pas compris, et c'est là où il faut vouloir accepter, c'est qu'tout l'monde ne comprendra pas c'que tu mets en place. Mais c'est pas grave, mais tu leur apportes quelque chose, un moment d'bonheur, y vont t'dire qu'j'étais génial, j'étais ci, l'autre y va s'rappeler qu'j'mettais qu'des lucarnes, qu'j'étais ci, peu importe ça ça appartient à l'autre, dans l'ego j'voudrais que y s'rendent c, non, c'est là où tu apprends que finalement ça leur appartient tu vois, ça leur appartient, et qu'c'est un passage si tu veux, c'est on, c'est un bout d'chemin ensemble en fait. Et j'me rends compte qu'autant qu'j't'ai apporté, c'est là où tu comprends ces choses-là, c'est que je t'ai autant construit qu'tu m'as construit, j'ai appris peut-être plus de vous parce que j'me formais en même temps qu'vous tu vois. Et c'que j'tentais avec vous c'était fait avec tellement d'envie, tellement d'amour que ça fonctionnait en même temps. Mais ça fonctionnait parce que j'pense que vraiment ma façon d'voir les choses à c'moment-là t'nait vraiment la route, mais j'pouvais pas l'expliquer, je savais la faire, mais pas l'expliquer, j'étais pas capable de l'mettre sur un papier c'truc-là, mais j'savais c'qu'il fallait faire.

J'ai réussi à apporter mon identité, parce que j'étais ça. Mais en étant dehors, tu vois c'que j'veux dire, après je jouais avec vous aussi souvent parce que j'aimais c'truc-là. Et puis l'samedi d'être avec vous mais j'le vivais vraiment, mais le résultat j'm'en foutais. Et si ça m'faisait chier, parce que c'est normal quand t'entends les gosses, ça m'faisait chier nos résultats, alors qu'j'voyais qu'très sincèrement, j'me rappelle d'un match où on va à Sèvres, et on perd. Et des parents d'gosses m'emmerdent, me cassent les couilles, très clairement, m'emmerdent mais d'une force. Et j'me rappelle que j'leur disais *vous inquiétez pas dans trois mois on va tout gagner*. Et on m'prend pour un con. Et j'vous dis à vous dans l'autocar, *dans trois mois on va tout gagner*. Et en fait, j'vous voyais tellement bien jouer, que ma peur à moi, enfin ma peur, c'était d'me dire *comment faire comprendre à ces gosses que quand on joue vachement bien au ballon on perd ?* Et il fallait qu'en fin d'compte je vous arnaque, ou j'vous manipule, pour vous faire comprendre que c'était pas grave. Mais j'savais au fond d'moi que dans trois mois on allait tout taper. On rejoue Sèvres, on leur met 5-1 et on torpille tout l'monde à partir de là. Et là les gens fermaient tous leur gueule. Y avait plus personne. À partir de là, j'sais pas si tu t'souviens, y avait plus personne. Il a fallu, pas vous convaincre vous, il a fallu convaincre les parents, et le club. Parce que, finalement, c'que j'leur disais, *un gosse qu'est malheureux parce qu'il perd y r'vient pas*. Mais j'avais d'plus en plus de monde, alors Garches, tu t'doutes bien, vu la population y avait un taux d'absentéisme énorme l'hiver. J'avais pas d'absent, tout l'monde était là, tu t'rappelles c'était, tout l'monde était là aux entraînements. Ça veut dire qu'ça fonctionnait. Et un club qui perd, tu sais qu'les mecs viennent plus. Tout l'monde venait, on avait créé ça. D'où la professionnalisation, vous peser, vous machin, vous rendre responsables, c'était peut-être un délire, des conneries, mais on vous prenait au sérieux. C'était important, et on avait changé l'ambiance dans l'vestiaire, où tout l'monde se douchait, où les gens pouvaient plus rentrer dans l'vestiaire, on avait professionnalisé l'truc en fait. Et chacun avait une responsabilité, et ça c'était important. Vous étiez responsables, et ça, ça m'éclatait. En fait, j'me suis éclaté, j'me, pour pas être malheureux, j'me suis pris au jeu, j'ai créé un jeu en fait, et j'ai réussi à vous embarquer dans mon délire.

Connaissant Montpellier, alors, t'avais une opportunité énorme, parce que sachant qu'tu signais cinq ans, c'est qu'on sait qu'tu vas être pro, sinon on signe trois ans. C'est c'que j'te dis, un gosse de quinze ans qui signe cinq ans, c'est qu'il fait d'jà partie des tablettes du club. Parce qu'à vingt ans, t'as un contrat professionnel assuré, d'accord, sur cinq ans c'est assuré l'contrat pro, et ils signent à très peu d'personnes.

Soit tu adhérais et tu d'venais un pro, mais tu dépendais beaucoup d'la personne que tu allais avoir, mais humainement, ils ont pas l'temps de, ou ils ne savent pas faire. La plupart de ces mecs-là, ils ont des formations où ils comprennent rien.

Ouais j'm'en doutais parce que t'allais tomber sur ça, sur c'que t'as connu, l'automatisation du geste, sur quelque chose qu'avait pas d'sens. On t'a enlevé un sens alors que moi, inconsciemment, peut-être, tu vois, j't'ai d'mandé d'pas accepter qu'on t'dise *tu fais ça*, sans t'donner une raison d'le faire.

Pourquoi contrôler intérieur du pied alors qu't'as pas b'soin d'le faire ? Pourquoi te dire *retourne-toi* ou *lève la tête*, alors que si tu lèves la tête tu r'gardes que les oiseaux ? Ça veut rien dire dans l'monde du football. *Bouge !* – tu t'mets à danser et tu bouges. En fait, on a voulu, les entraîneurs de gosses ou les entraîneurs, on est, c'est une PS5 maintenant, à l'époque une PS. C'est limite ils jouent à la PlayStation sur, croyant qu'vous êtes, *mais laisse-les jouer, ferme ta bouche quoi, le travail, c'est à l'entraînement*, et puis on s'en fout. Et puis c'qui fonctionne pas, donc, y faut, moi j'm'en rappelle, ils disaient *ils ont tous chié les têtes, moi mercredi tu travailles les têtes. – Ah non ça fait pas partie d'mon programme, en hiver, j'travaille pas les têtes, parce que les ballons sont trop lourds, et j'suis sur l'contrôle orienté, donc j'vais pas travailler la tête.* Et y m'dit *oui mais y d'vraient faire des têtes. – Mais ils mesurent tous un mètre vingt, on est tous contre des plus grands qu'nous, donc, la tête, elle sert pas à grand-chose, on f'ra la tête quand y f'ra beau, pour pas qu'y s'fassent mal à la tête.*

Donc j'me suis douté que soit ça matchait, mais en m'disant, *si ils font de la robotisation, y s'casse.*

Ça a été des footballeurs qui, pas forcément intelligents, pas forcément des mauvais mecs quoi, mais j'm'en rappelle, Mirzoya, où on est en neuf contre neuf, et Mirzoya c'est Monsieur Mirzoya, qui a, quand même, joué en équipe de France et cætera, tu vois. Et moi tu, je joue à, l'exemple ça va être tout simple : on est à Clairefontaine, et y a des gens qui font des séminaires en plus, à Clairefontaine, qui viennent nous voir pendant les séances de, tu sais, on fait des séances péda qu'on doit diriger nous. Donc, j'suis avec tout l'groupe pro, donc : Costa qui jouait à Toulouse, Mirzoya, euh un des mecs qui encadraient, ben Duque, t'avais aussi Béraud qui était mon formateur, on avait du lourd.

Et, en fait, j'tombe sur l'rôle de l'ailier, et j'me tape que des pros qui viennent chercher et qui sont en opposition face à moi. Et, en fait, j'leur ai fait la misère. Mais quand j'te dis *fait la misère*, j'leur fais la misère. À la fin d'la séance, moi, Mirzoya veut m'casser la jambe, et d'ailleurs, quand j'étais en opposition avec lui, y m'met deux coups d'coude dans la bouche parce que j'lui mets trois p'tits ponts.

Et voilà pour te donner, j'ai pas vu des mecs qu'étaient là pour t'aider. Si t'étais pas pro, c'était *moi j'suis Monsieur Mirzoya*, ils savaient qu'déjà, en passant la formation, on leur donnait, eux, la formation. Moi, il fallait qu'j'aille la chercher, la formation. Ils s'en foutaient quoi. Mais bon, le mec, tant d'matchs en pro, machin ci et ça, voilà, j'peux comprendre que même si t'as pas été joueur pro, tu peux pas entraîner en pro, j'peux entendre, parce que t'as pas joué à haut niveau, t'as pas connu la pression machin. Mais c'est pas l'fait, mais c'est pas l'fait d'avoir été joueur p, tu peux être un très bon joueur pro, c'est pas pour ça qu't'auras d'la pédagogie ou d'la psychologie pour entraîner. Et si tu r'gardes, un entraîneur aujourd'hui, dans chaque club, c'est des sélectionneurs, c'est pas des entraîneurs. Ils ont un préparateur physique, un préparateur psychologique, y a un mec qui leur fait les séances. Les mecs y viennent faire une compo, c'est tout, c'est tout, tu prends un Kighat par exemple, ou un Fortier, en fonction d'l'équipe que tu leur mets en face, ils entraîneront jamais un PSG, ils entraîneront jamais un gros club avec des stars, parce que ces mecs-là n'ont pas, ni l'charisme, ni la f, la, c'est même plus une formation, c'est ni l'humanité pour pouvoir gérer c'truc-là.

Donc, basta, ils entraîneront à c'niveau-là, c'est très bien.

Qu'est-ce qu'ils ont fait à Montpellier ? Ce joueur-là il est d'la famille, y s'occupe des gosses. C'est moins cher, c'est machin, la mentalité, on a voulu faire un p'tit Nantes à Montpellier. Ça a pas forcément fonctionné.

On mettait ces mecs-là parce qu'ils avaient un pouvoir, mais on s'occupait pas de l'intégrité de l'enfant. Parce qu'y avait pas la formation, quand tu as, par exemple, un choix, t'as signé un contrat, tu prends Le Havre ou Montpellier, tous ces clubs-là, qui sont champions de France chez les jeunes. Seulement, tout en sachant qu'on les fout dehors ces gamins-là après, ils ont été champions d'France, on s'en occupe plus, ils font plus leurs papiers, d'accord, qu'est-ce que t'en as à foutre étant donné qu'tu as l'choix, sur vingt mille jeunes, il va falloir vingt mille ou trente mille mecs pour faire un pro. T'as l'choix, on s'en fout, on s'en fout, on s'en fout. Et s'il a plus d'papiers, on s'en fout. Il faut qu'il soit rentable de seize ans à dix-huit ans, on s'en fout, et après qu'est-ce qu'on pense ? Ben on s'en fout. Tandis qu'moi à l'époque, ben j'vous d'mandais vos résultats scolaires. Pourquoi ? Parce que c'est une éducation, parce que c'était important, pas qu'l'école soit importante mais tu pouvais pas tout baser sur le football. J'étais l'exemple même que mes blessures m'avaient emmené à être avec vous. Eux ils s'en foutaient, tu pouvais avoir zéro en maths, tu jouais l'dimanche.

J'connaissais l'recruteur de Montpellier, Christophe Rombeaux, avec qui j'avais beaucoup travaillé. Mais tu t'doutes bien que, alors 1 : c'était pas possible qu'ils m'prennent dans l'sens où je refusais d'faire leurs séances. J'ai eu l'même problème avec le Racing quand ils étaient en National. Un mec comme moi n'peut pas intéresser, parce que je n'suis pas conforme à c'qu'ils veulent qu'on fasse. C'est-à-dire que j'arrive dans ces clubs-là, ils m'connaissaient, et on m'disait, par exemple, j'dois m'occuper d'la séance où t'étais toi. La séance est toute prête. La séance est prête. Elle est d'jà faite, non mais j'ai la séance qui est faite pour les dix années prochaines. Étant donné, par exemple, que l'on veut que tu joues en 4-4-2, c'est fait, c'est préétabli, donc je sais c'que j'dois t'faire faire.

Donc, moi, j'arrive, y m'disent *y a ça à faire*. Quand j'suis arrivé au Racing, et qu'ils m'ont donné la séance, ben j'leur ai dit *c'est quoi ça ?* Y m'disent *c'est la séance que tu dois faire.* J'dis *mais j'les connais pas, donc j'vais faire un truc que je n'connais pas à des joueurs que je n'connais pas sans savoir quel est l'sens ?* Donc j'leur ai r'donné la feuille, j'dis *non, j'vais faire la même séance... – Mais vous avez rien préparé ?* J'ai dit *j'ai pas b'soin d'préparer j'pense que j'ai assez d'expérience, je sais c'que j'vais faire, j'vais découvrir mes joueurs déjà. Premièrement, j'les découvre, après on f'ra la séance. – Ben non, chez nous ça fonctionne comme ça.* Ben j'ai pris mes affaires, j'suis parti. Montpellier, c'était pareil, c'était pas, *non, je fais pas une séance que vous m'avez dit, parce que l'thème c'est ça, parce qu'on va faire ça, comme, machine ? Faut déjà qu'je sache qui j'ai en face de moi, et c'est pas comme ça qu'j'vois les choses.* Donc, j'voyais pas les choses comme eux, non, j'étais pas d'accord, j'ai toujours refusé d'rentrer dans cette robotisation du joueur de foot. Je trouvais super intéressant quand un joueur de foot il allait voir plusieurs autres activités. Rappelle-toi qu'on f'sait du foot avec un ballon d'rugby, on jouait au basket, on jouait au hand, on jouait au machin. Qu'est-ce qu'on a fait ? On jouait avec des balles de tennis sur des machins, tu développais d'autres aptitudes, même si on s'entraînait pas, mais on développait des aptitudes, là où pour les gens j'faisais pas mon boulot, tu t'rends compte. Mais en développant toutes ces aptitudes-là, je savais que dans trois mois, quand j'reviendrais au football, ces aptitudes, tu les réutiliserais dans l'football sans savoir qu'tu les avais, et là, on professionnalisait pas un gosse, on lui, on, on aurait dit, moi tu m'aurais dit *qu'est-ce qu'on fait comme entraînement aujourd'hui ?* Moi j'aurais dit *on va grimper aux arbres, on va grimper aux arbres, on va faire du vélo, on va faire d'l'escalade, on va faire cirque, on fait cours de gym.*

La préformation, la formation, ça veut dire quoi ? On prévoit d'vous préparer à faire ça, *oui, mais il a d'autres choses à faire quoi. Là il pourrait aller faire euh, euh non, viens on va faire d'l'accrobranche, on va faire un match de foot, mais, euh, on va, j'sais pas, attacher les jambes, on va, on va, on va, on va mettre, avec handisport, avec les yeux bandés, parce qu'on va développer d'autres trucs les yeux fermés, sur des sensations, sur du proprioceptif.* Mais y comprenaient pas quand tu disais ça. Pourquoi un p'tit peut pas jouer avec un grand ? T'as juste à créer des nouvelles règles : le grand, tu lui mets deux ballons dans les mains, il va être moins efficace qu'un p'tit d'huit ans qui court partout, mais faites-le quoi. Regarde c'que j'te disais : quand Ilan roule dans la boue, il a plus peur de s'j'ter dans la boue, après, il va, il va faire des r'prises de volée. S'il est propre, il le f'ra pas. Et il a fallu qu'j'bosse dans cette subtili, en fait, j'ai découvert tout ça par hasard. En fait, voilà, c'est ça, j'dis tout l'temps *quand tu sais pas, expérimente.* Et l'idée c'était *ne refais jamais la même chose vendredi que tu as fait mercredi.* J'ref'sais la même chose, mais il fallait qu't'aies la sensation qu'c'était quelque chose de nouveau. J'avais changé un truc, j'me rappelle que j'vous ai fait croire des trucs de dingue. Et moi, mais j'crois dans les trucs, *on va faire ci on va faire ça*, mais j'y croyais aussi, en fait, j'étais rentré dans un jeu avec vous.

Puis c'était quand même, y avait une émulation de savoir qu'j'avais quand même un groupe extraordinaire de gosses hein. Ça favorise aussi, même pour moi, parce que si tout c'que j'mets en place c'est compliqué parce que j'ai que des pieds carrés, c'est autre chose. Mais, là, j'ai eu la chance d'avoir vous. Après, les autres, donc du coup j'ai eu vous, et il a fallu qu'j'adapte le travail aux autres qui n'y arrivaient pas. Ça, ça m'a fait bosser beaucoup, comment j'emmenais les autres à nous suivre.

Parce qu'il fallait pas qu'j'en laisse sur la route quoi, c'était ça l'truc. C'est pour ça qu'j'étais jamais d'accord avec la fédé. Et tout c'que j'ai fait, l'boulot, c'est qu'j'ai pu démonter tout c'que la fédé f'sait et dire *on peut faire autrement.*

Alors j't'explique, quand tu as 10, pour avoir l'brevet d'État, entre, tu dois avoir la partie commune et la partie, la partie commune c'est, on va dire, c'est tous les cours, plus la partie spécifique, il faut qu't'aies 10 de moyenne pour avoir ton brevet d'État premier degré. Mais, pour aller au deuxième degré, il faut qu't'aies 12 de moyenne. La première année j'ai eu 11,95 j'ai dû r'passer l'diplôme, j'ai eu 11,98. Et y m'disaient, les gens d'la fédération, *tu auras ton 12 quand nous on décidera qu't'aies 12.* On m'a p'têt, on m'a dit aussi qu'il fallait qu'j'me coupe les ch'veux, qu'j'enlève mes boucles d'oreilles, on m'a obligé à aller faire des formations. J'ai encadré des formations d'la sélection des Hauts-de-Seine, j'ai encadré des formations gratuites d'initiateurs, alors qu'ils étaient tous payés et pas moi. J'ai encadré des, des centaines de trucs, parce que si j'le f'sais pas, on m'faisait comprendre que j'l'aurais pas. Et j'l'ai eu la quatrième fois, avec le groupe pro. En plus, je passe avec la plus dure des sessions, y avait soixante, quatre-vingts, soixante-dix-huit pros sur cent. On est très peu à être élus des non-professionnels. Et, en fait, j'me rends compte que quand j'passe, j'passe avec Duque, la péda, que des mecs des, c'est pas des CTD, les CTD c'étaient les conseillers techniques départementaux, eux c'étaient des régionaux, des mecs, en haut, qui m'connaissaient. Y m'disaient *tu sais la première fois qu'on passe le BE2 t'attends pas à l'avoir*, ça c'est c'qu'on m'disait. Et j'me rappelle que j'passe, t'avais les pros, ils avaient leurs p'tits calepins, des antisèches déjà toutes prêtes, tout était prêt hein, des p'tits livrets tout faits.

Alors, j'te donne un exemple, derrière moi est assis l'assistant du mec qui a entraîné Guingamp pendant des années là, j'ai oublié son nom… Son assistant, qui jouait en zones, d'accord. Il est derrière moi, et y m'dit *eh Pépé, Pépé, Pépé*, on tombe sur une question avantages et inconvénients d'la zone. Il faut qu'j'lui montre ma feuille, et j'lui d'mande *comment vous jouez vous en club ?* C'est-à-dire qu'l'assistant de Le Gall, dix ans avec lui, sait pas c'que c'est qu'les avantages et les inconvénients d'une zone. Et c'mec-là, il entraîne en pro. C'qui est que des cours théoriques. Mais pour donner un autre exemple, beaucoup d'pros, ils étaient au fond. Normalement, on est corrigés par la Direction régionale jeunesse et sport, on doit cacheter la feuille, chose qu'on nous d'mande plus, sache-le, que depuis des années même en BE1, ça s'fait plus. Et j'passe une question qu'j'passe à l'oral, et on parle du Kit Foot. Et Kit Foot c'était quand on f'sait buts en plastique, quatre contre quatre, pas d'arbitre, pas d'gardien, et en fin d'compte, une équipe gagnait, tu sortais, l'autre…

Montante, descendante, c'était ça. Je suis celui qui a mis en place le Kit Foot en France avec le CTD, avec le conseil départemental des Hauts-de-Seine. On reçoit à Garches, Vaucresson, mille gosses pour la journée 1000 Foot. C'est moi qui la mets en place, je tombe sur le truc dont j'connais l'sujet par cœur. J'ai 15 à l'oral. Pas 20, j'ai 15. Tu sais pourquoi ? Le mec en f, les trois mecs en face de moi n'en avaient jamais entendu parler, y m'interrogeaient sur ça, mais si y m'mettaient 20, j'avais une note supérieure qui m'permettait d'aller au, au diplôme du footballeur professionnel… euh d'entraîneur foot pro, ou d'entraîneur de centre de formation. Pour pas y aller là-bas y m'ont baissé les notes. Y m'ont baissé ma note technique pour pas qu'j'aie trop. Alors que les pros, ils l'ont… c'est normal… moi, y m'ont baissé ma note de péda, j'ai eu 9 en péda. Et y m'ont baissé toutes mes notes d'écrit où j'avais cartonné, parce que, sinon, j'pouvais, et il a fallu donc qu'je passe le brevet d'État premier degré quatre fois pour pouvoir accéder au BE2. Et quand j'l'ai eu, qu'j'ai eu l'BE2, du premier coup, j'me suis vu aller à des diplômes de fédé où on te d'mandait un pavé comme ça, avec un mémoire, avec c'que j'faisais avec vous. À l'époque, en plus de ça j'allais entraîner avec Armand Bouzaglou en DH à la Colombienne gratuitement. J'leur ai monté un projet d'enseignement, ils l'ont pas lu.

Et pendant qu'on passait l'brevet d'État, avec le conseiller technique départemental, y a un mec qui jouait dans les Hauts-de-Seine, qui était tout l'temps derrière lui, on d'vait rendre un truc dactylographié, il a écrit quatre pages à la main juste avant d'passer l'truc où il avait écrit d'la merde et il l'a eu.

Et en fait ils l'avaient, qu', y l'donnaient à qui y voulaient. Et si tu veux, r'garde aujourd'hui dans tous les diplômes, j'peux t'donner des noms, Creslon, t'as joué avec lui, des mecs que, t'as joué avec lui, et d'autres, bah ces mecs-là quand ils sont partis entraîner sur des gros clubs, ben ces mecs-là, très clairement, y m'disent *mais moi on m'l'a donné parce que le responsable technique avec lequel j'l'ai passé, c'était mon responsable technique en club*. Donc il l'a passé avec la famille. J'vais pas dire le nom de celui qui s'occupe aujourd'hui d'la région d'XXX, qui gérait le FC XXX, les mecs si y s'présentent, ils l'ont. Donc ce football a toujours existé, comme j'ai jamais fonctionné dans leur mafia, on m'a mis d'côté, on m'a obligé à m'couper les ch'veux, mais j'l'ai pas fait, on m'a obli, donc j'rentrais pas dans leur truc.

Eux y sortaient, ils allaient au restaurant, et moi, j'devais garder le groupe de, des vingt-trente sélectionnés qu'on avait. Donc y m'laissaient avec tous les gamins à Châtenay-Malabry, y s'barraient, et j'étais tout seul avec eux, et j'étais l'seul qu'était pas payé.

Y m'ont dégoûté eux, y m'ont dégoûté d'ça.

Moi la colère, elle m'a apporté que d'la merde. En fait, j'm'en suis sorti avec cet orgueil, *il faut réussir, il faut réussir, tu vois, nous gosses d'étrangers, faut réuss, faut être mieux qu'le Français, les Français y sont comme ça, y faut être ci*, eh ben non parce que les plus belles personnes que j'ai rencontrées dans ma vie, c'est des Français. Tu t'rends compte, *les riches c'est tous des cons*, ben non, parce que moi j'connais des riches qui sont extraordinaires. Et, en fait, il a fallu qu'un jour j'quitte le quartier pour aller voir c'qu'y s'passait à l'extérieur. Mais on a eu cette chance-là, comme on avait pas d'thunes, aller en marchant, on allait rencontrer des gens. Puis l'football a été un truc énorme pour moi. On t'avait appris, dans tes mémoires, il fallait souffrir, et pour réussir, il faut travailler dur, il faut transpirer, et puis, un jour, j'ai dit *euh mais pourquoi j'devrais transpirer pour gagner ma vie ? Pourquoi j'pourrais pas, moi, travailler, vivre différemment, peut-être travailler moins, gagner p'têtre moins, mais vivre mieux ?* Et ça on m'l'avait jamais expliqué, j'étais en colère parce qu'il fallait qu'je réussisse, il fallait qu'je prouve, en plus, il fallait qu'je prouve que j'étais pas comme les autres. Non j'étais pas comme les autres, non, j'voyais pas la vie comme les autres.

On est des gosses d'étrangers, n'l'oublie pas, je suis l'seul né en France, donc, l'environnement, l'injustice, qu'inconsciemment tu crées toi, d'accord, la maladie d'mon père, la perte de mon père, le niveau social qu'on a, pas pouvoir partir au ski, pas pouvoir aller sur l'terrain d'tennis, pas avoir les moyens de, pas avoir les mêmes baskets que les autres, aller faire les courses, aller, préparer à manger, faire des choses que les autres font pas, et ta propre famille s'en rend pas compte parce que t'es dans la normalité, la maladie d'mon père, la maladie d'ma mère, pas pro, tu arrêtes tout, tu t'occupes d'elle, ben t'es en colère, c'est pas juste. Pourquoi toi ? Pourquoi tout l'temps toi ? Pourquoi l'jour où tu r'çois ta sélection France universitaire, pourquoi t'es à l'hôpital, tu t'es foutu la ch'ville en l'air ? Pourquoi la vie elle est aussi dure que ça pour toi ? Pourquoi tout c'que tu fais c'est compliqué ? Pourquoi on t'fait pas d'cadeau, pourquoi toi t'as pas l'droit d'aller au ski, pourquoi toi tu dois faire le ménage, aller faire des courses quand les autres ils sont en train d'jouer, pourquoi toi tu dois faire ça, pourquoi toi à quatorze ans tu dois aller changer la sonde de ton père, aller l'faire faire pipi parce que t'es tout seul avec lui, tu vois, pourquoi ta mère, elle dit à tes copains qu't'as pas fait la ta poussière et qu'tu sortiras pas, alors qu'eux ils ont jamais fait la poussière et qu'elle leur montre comme si euh, tu vois ? Ouais, j'étais en colère. Ouais, ouais, j'étais super en colère. Pourquoi t'es au PSG et qu'on s'fout d'ta gueule parce que t'as juste un short et un maillot d'foot, et qu't'as pas d'survêtement pour t'entraîner, qu't'as pas d'k-way ? Pourquoi t'as qu'une paire d'chaussures, et qu'tu joues sur un synthétique ou sur un terrain dur ou un terrain en herbe t'as que une paire de chaussures ? Pourquoi t'es obligé d'prendre des chaussures dans la poubelle, et qu'tu mets du sparadrap, pour pas d'mander à ta mère parce que ton père est décédé et qu't'as pas les moyens et qu'tu veux pas lui faire dépenser d'argent ? Tu vois, pourquoi tu vas prendre les chaussures dans la poubelle ? Ouais.

Pourquoi tu dois rentrer de Saint-Germain parce que personne veut t'ram'ner au RER et qu'tu dois marcher à onze heures du soir sur la nationale 13 parce que tu dois traverser la forêt et qu't'as peur et qu'c'est éclairé et qu'tu marches sur la ligne blanche parce que y a pas un père qui t'ramène au RER ? Pourquoi j'dois, euh, hum, pourquoi j'vais au foot et comment, j'vais pour aller au foot m'occuper d'vous ou des gosses à l'époque qui ont huit ans, Kiki et cætera, et que, juste avant j'étais en train d'laver ma mère qu'est en train d'mourir et que j'ai que vous, dans ma vie, pour, j'ai que vous quoi, j'ai que ça. J'viens d'me blesser, j'suis, j'srai plus pro, j'vais m'occuper d'ma mère, j'srai plus jamais pro, mais j'viens d'avoir mon diplôme et j'suis en train d'm'occuper d'vous, et j'ai que vous, pourquoi t'es en colère ? Ouais. Parce que ces connards sont en train d'me casser les couilles parce que vous avez pas gagné, et que, j'sais pas la vie elle est pourrie quoi, pour moi, et j'ai juste envie d'me battre pour qu'ces mômes-là on les laisse tranquilles. On est juste en train d'jouer au foot quoi. Pourquoi on a pas l'droit d'faire croire à c'gosse que c'est l'meilleur du monde ? Pourquoi ? Pourquoi on a pas l'droit ? Qu'est-ce qui fait que lui y joue pas et que l'autre y joue ? Pourquoi lui il doit partir de là et qu'il est mal ? Ben non, ben tout ça c'était tout c'qu'y m'ont fait à moi, et moi j'ai pas compris pourquoi on m'a fait ça. Moi j'ai pas compris pourquoi on m'a humilié. Moi j'ai pas compris pourquoi à l'école on m'a tapé plus que les autres. Moi j'ai pas compris pourquoi on m'a fait ça. Parce que j'étais un môme gentil, il a fallu qu'j'devienne comme eux, il a fallu qu'j'sois plus fort, il a fallu qu'j'me défende tous les jours, il a fallu qu'j'me batte tous les jours quand on a déménagé. On est arrivés dans une cité, y avait beaucoup plus de pièces, on est passés d'un trente mètres carré à un cent vingt mètres carrés, on avait un lit pour, tout seul, alors qu'on avait jamais dormi tout seul, et d'un seul coup ben ton père, il est malade et main, tu veux plus, t tu, tu crois qu'tu vas mieux, qu'ici la vie elle est mieux, tu veux pas, tu veux r'venir quand t'étais pauvre, tu veux r'venir quand t'allais au foot avec un sac plastique, tu sais un sac plastique juste avec tes chaussures, et t'allais t'doucher au foot parce qu'y avait pas d'douche chez toi, alors pourquoi t'es en colère ? Ouais, pour ça. Pour ça. J'pleure parce que j'ai plein de, des gosses comme toi dans ma vie ben j'en ai plein. Et ces gosses-là à chaque fois qu'on s'verra, on va continuer d's'aimer, et ces gosses-là, ils s'rappellent pas d'moi pour ces choses-là, ils s'rappellent des moments qu'on a passés ensemble et qu'on a ri. Tu vois y en a un qui vient d'm'appeler y vient de m', équipe de France, dans un autre sport, mais j'l'avais comme élève, et j'l'ai, j'le vois souvent, et quand y va mal, c'est moi qu'il appelle, pourquoi ? Et puis, il m'appelle père sur Facebook, mais il a un père. Ben ça, c'est ça, c'était ça mon métier, pas entraîneur, pas, pas prof, pas machin, ça c'était d'la merde ça, c'était une excuse pour m'occuper d'vous. C'était une excuse pour pas qu'on vous fasse à vous c'qu'ils m'ont fait à moi, et quand j'l'ai compris, j'l'ai mieux fait parce qu'au départ j'crois qu'j'l'ai fait pour, me sauver. J'me rends compte que, putain, pour faire tout ça il a fallu qu'je sois un sacré bonhomme. Ben aujourd'hui j'trouve que j'suis une belle personne et j'ai pas besoin qu'on m'le dise. J'ai pas besoin d'plaire pour qu'on m'trouve, parce que moi j'le sais, parce que moi j'dois, j'dois, j'affronte qu'une seule personne chaque jour, moi dans la glace, chaque matin, et moi dans la glace chaque soir. C'que j'ai fait avec vous au foot, tu t'rappelles quand j'disais regardez-vous dans la glace ?

Alors voilà, j'étais en colère pour ça, et puis j'avais pas tout compris. Puis l'abandon, et puis machin, c'est toute une histoire. Et puis pourquoi j'me suis r'trouvé tout seul ? Et pourquoi j'ai fait comme ? Je sais pas.

Mais j'avais que pour amis, comme on dit, *le fou n'a pour amis que des fous, des chiens et des enfants*. J'm'entendais bien qu'avec vous, j'étais heureux qu'avec vous, c'est pour ça qu'j'm'éclatais, j'étais heureux moi d'faire c'que j'faisais et j'crois qu'vous l'avez senti.

Alors est-ce que quelque part, comme moi j'ai pas vraiment eu d'histoire ou d'jeunesse ou d'enfance, quelque part j'me permettais d'vivre avec vous c'que moi j'avais jamais vécu ? Tu sais la première fois qu'j'monte dans un manège j'ai vingt-cinq ans hein. Et j'vais à Euro Disney, et j'suis l'seul mec qui court pour faire la queue et qui grille tout l'monde et qui double tout l'monde et qui va, qui court, voir Mickey et Minnie, j'avais pas ça moi.

Si tu viens t'battre, va à la boxe. C'est pour ça qu'j'ai arrêté l'foot aussi, j'en avais marre de ça. La bagarre tous les dimanches, emmener les gosses, sur certains clubs, tu pouvais pas y aller. Moi j'me rappelle que sur certains clubs, les parents laissaient pas y aller. Le club comprenait pas et moi j'comprenais très bien. Ils ont pas à y aller, là moi je vais pas non plus euh, donc un forfait, on les a tous perdus, on est trois forfaits, on descendra, on descendra. On descendra mais j'vais pas risquer la vie des gosses quoi. J'm'en fous un peu, c'est que du foot. Encore une fois, c'est que du foot. La fédé f'sait rien et puis nous, mais moi j'vais faire quoi ? Comment j'protège, moi, mes, mes onze gamins, et j'ai trois équipes, comment j'les protège ? Ben non, ben on n'y va pas, ben ouais, on n'y va pas. À Clichy, combien d'fois on a fini à l'hôpital quoi…

Puis j'en ai eu marre, aussi, franchement, c'était plus du football, tu vois moi j'aimais les matchs contre l'ES16 où j'avais un pote d'enfance qu'était à l'ES16, on pouvait s'mettre la misère sur l'terrain mais on s'embrassait quoi, tu vois, y avait un respect, c'était mon pote, on réglait ça entre nous, y avait pas d'souci, y avait pas… J'sais pas, tu gagnes, tu gagnes, tu perds, tu perds, mais on va boire un coup ensemble, on était des potes quoi.

Quand tu v'nais d'Montpellier, t'avais rien à m'raconter. C'était pas l'mec que j'connaissais. Qu'est-ce que j'en avais à foutre de ta passe de l'intérieur ou d'ta passe à cinquante mètres que tu m'faisais déjà quand t'étais avec moi ? Mais quel sens elle avait ta passe ? Et toi t'avais oublié d'me raconter l'sens. Tu m'racontais les choses, pas humainement mais euh, machinalement. Et là j'ai dit *mais y t'ont rendu con ou quoi, qu'est-ce qu'ils ont fait d'toi* quoi. L'essence du mec, donc tu m'dis *quand j'suis r'venu*, beh oui, mais c'était logique, quelqu'un d'intelligent s'rait pas resté, quelqu'un qui, 'fin le môme que moi j'avais connu à huit ans, y s'rait pas resté, y pouvait pas rester, ça avait pas d'sens c'qu'y f'saient alors qu'tu me posais des questions sur tout.

Y avait plus d'émotion, je savais qu'tu t'faisais chier, c'était obligatoire.

Et finalement, t'as pété les plombs quoi. Au lieu d'faire ta crise d'adolescence, t'as envoyé foutre tout l'système. C'qui était incroyable quand même, parce que si t'avais réussi, c'était normal, mais si tu lâchais c'était normal aussi pour moi, mais pas pour les autres, j'pense que les gens s'y attendaient pas.

Non, toi non, t'avais pas l'profil d'arrêter. Toi t'avais l'profil d'être un bon p'tit mouton, et le gosse qui allait fermer sa gueule, celui qui s'bat pas, *ça va les gars ? Bon pas d'énervement*, mais ils ont pas compris, ils ont pas compris qu'en fin d'compte tout ça n'a fait qu'exploser ta créativité.

Peu importe le niveau auquel tu joues, c'est l'émotion et l'intention que tu vas y mettre.

Pour moi c'était ça le football, c'était l'sens que tu donnais à ce que t'étais en train de faire.

Y a que là où j'étais quelqu'un de bien, où on m'aimait, moi j'vous ai respectés, et même plus, j'vous ai aimés.

Quand j'vois c'qui s'passe sur les terrains en 2022, où on parle du p'tit Noir en Espagne, où y a encore du, d'la discrimination, où les gosses, ils s'entraînent tous les jours, où y a des mecs qui gueulent dessus, qu'ont rien compris, ouais j'voudrais un football sans adultes et qu'on laisse jouer les enfants. C'est-à-dire que, tu vois, c'qui existait quand moi j'étais gosse, jouer dans la rue, c'est ça l'football. Et on a oublié, on veut en faire des pros à huit ans, à six ans, et moi aujourd'hui tu m'dis l'football ? Eh ben j'regarde quasiment plus. Je suis plus allé r'voir un match de foot, je me fais chier, je me fais chier, c'est pas du foot, c'est pas du foot.

Moi en fait j'me rends compte qu'avec vous j'aimais que les entraînements, ou les matchs, mais chez nous tu vois, sans problèmes.

On a tué le football, on a dénaturé l'truc, c'est plus du sport. Aujourd'hui, les mômes ils pètent les plombs parce qu'à dix-huit piges y touchent des trois cent mille euros ou des trois millions par mois. Ils ont plus les pieds sur terre, ils peuvent pas les dépenser ces sommes-là, c'est incohérent, ils sont pas prêts. Tu vois, on a donné d'la valeur à quelque chose qui en a pas. Non, j'vais faire les merguez, moi, voilà, mais pas c'football-là. L'football où tout l'monde joue, où on s'amuse, où on apprend, mais on apprend comme ça justement, on va, on va créer sur un terrain d'football, mais pas c'football-là.

Moi j'ai été ramené chez moi en car de flics quand j'jouais, ça j'comprends pas, c'est un match de foot, et amateur en plus, même pro j'comprends pas. Y a des morts tous les dimanches sur les stades, regarde c'qui s'est passé en Afrique, en Amérique latine, en Arabie, c'est quoi ces matchs de foot ? C'est la guerre.

C'est comme toi, tu m'dis qu'c'est comme si on avait voulu t'faire faire l'armée à Montpellier, ben déserteur, objecteur de conscience.

Toi, tu voulais juste pas rentrer dans l'rang, et t'as fait quelque chose de mal, *mais t'es fou ? Il pourrait être pro il est pas pro*. Comme moi, *mais t'as un BE2 tu vas arrêter ? Mais t'as tous les diplômes*, ouais, *mais t'es fou ?* Ouais. *Ah t'as une belle maison, t'as une belle femme, t'as des beaux enfants, t'as des beaux investissements, tu vas tout arrêter ?* Ouais. *Pourquoi ?* Parce que, en fait, c'est des schémas qu'j'ai r'produits, c'est pas ça la vie quoi, vous m'avez arnaqué, vous m'avez fait croire qu'c'était la définition du bonheur.

J'disais souvent, c'est admirable qu'il ait eu les couilles de faire ça, alors que pour plein d'gens ça va être un échec, pour moi c'est ça la réussite, et peu importe c'que tu vas finir de faire ou c'que tu f'ras demain, mais on s'en fout, mais t'as tellement, mon père avant de décéder y m'a dit *y aura deux types d'hommes dans la vie, celui qui rêve sa vie et celui qui vit ses rêves, choisis qui tu es*. Et j'trouvais qu't'étais couillu déjà à l'époque d'avoir arrêté Montpellier, et qu't'as été couillu derrière de t'retrouver poète de rue. Mais qu'est-ce que j'ai pu rire quand j't'ai vu avec ton p'tit chapeau et tout machin, et j'trouvais extraordinaire, et j'disais *ce salopard, salopard, mais il a eu les couilles de faire ça*, et j'dis *j'suis sûr qu'y dort pas tous les jours au chaud* mais je trouvais extraordinaire alors qu'd'autres se s'raient inquiétés. Et j'disais *mais c'est énorme, c'est énorme*, parce qu'à la différence des autres qui passent leur temps à lire des livres, lui, il les écrit et il expérimente.

J'ai fait la guerre beaucoup d'fois hein, on a pas raconté mon côté négatif, mais pas là, c'est fini ça.

Quand j'parlais avec mon amie d'toi, même avec ton père, j'lui dis, *j'y t'nais suffisamment au point d'm'être quand même déplacé à Saint-Étienne, j'suis quand même allé voir dans quelles installations il allait.* Moi j'avais rien a y gagner, j'prenais zéro, parce que on m'a d'mandé, moi j'prenais zéro, j'voulais pas une thune sur ton dos. Parce que moi on m'proposait quand même. On m'proposait un pourcentage. T'es dans mon club, t'es machin, ci et ça, si j'faisais l'intermédiaire et j'poussais pour qu't'ailles à Saint-Étienne, j'prenais un billet mon garçon.

Faut qu'tu comprennes, à c'moment, les clubs, ils étaient passés par moi. Moi j'prenais zéro, j'en voulais pas, j'ai refusé d'prendre la moindre thune parce que j'avais pas à m'faire du fric sur ton dos. Alors là, je, c'était clair. Par contre j'voulais aller voir, et j'ai dit tout d'suite *Saint-Étienne euh, pfff, ça va être le mouroir*, parce qu'enfermé en dehors de tout, Saint-Étienne c'était spéc, non ça j'voulais pas et j'avais été clair, à ton père j'lui avais dit *moi il est trop jeune*.

La preuve, c'est quand ça a été Christophe Rombeaux, j'connaissais l'personnage. Et on a même célébré ça chez toi et j'étais là. Tu vois il a été respectueux de v'nir boire un verre chez toi, avec tes parents, avec moi, on était invités à boire l'champagne. Il a joué l'jeu, et puis pareil, moi je, j'me r'tirais du jeu, et si t'avais été pro, le club aurait pris des thunes, ça c'est clair, mais moi je voulais pas du tout. C'était un mec honnête. J'l'avais connu en région parisienne, j'avais fait des formations avec lui, j'l'avais eu, c'était un ancien gardien. Ouais c'était un mec juste, je sais pas si dans le football il a percé, parce que c'était un mec honnête. Je suis pas persuadé, j'en ai plus entendu parler.

Ils veulent de plus en plus former, et moi je trouve qu'il faut former de moins en moins jeune. Il faudrait permettre à des gosses, on d'vrait interdire la formation avant quatorze ans. Interdiction d'la formation, on devrait obliger, limite si on devait obliger quelque chose, à avoir, en fait, du multisport jusqu'à quatorze ans.

C'est c'qu'y d'vraient faire avec les gosses, faire des trucs qu'on a pas l'habitude de toucher, toucher à tout.

Tous les exercices que j'faisais v'naient pas du foot, c'est des trucs que j'avais vus dans le hand, dans l'volley, dans l'machin, qu'j'avais apportés chez vous. Et des exercices que j'avais chopés dans l'water-polo. C'était tout piqué dans des livres qui étaient des autres sports.

Ils ont pas compris que, par exemple, chez vous, ils auraient dû générer une ambiance et une fête, on va s'marrer. Non, non, là il fallait quand même, t'étais un investissement, il faut qu'tu comprennes que t'es un investissement quand ils te font signer cinq ans, ils ont mis du blé sur toi. Donc ils ont pas l'temps de rigoler.

T'es un produit, c'est pas qu'tu d'viens un produit, on achète un produit, on achète un gosse à ses parents.

Souvent, les gens ils s'trompent, ils vous disent, ils

vous ont élevés au sens d'élevage, alors que t'sais, quand t'es élève, c'est ce que je disais aux profs, élevez-les, élevez-les, dans le sens, *permettez-leur d'être à la hauteur de c'qu'ils doivent être*. Mais les mecs, c'est des mecs ratés qui en fin de compte vont p'têt pas supporter que tu sois meilleur qu'eux.

Ils l'ont fait dans tous les clubs, où ils ont pris des mecs, à dix-huit ans ils les viraient. Regarde Le Havre, champions de France au niveau des catégories des jeunes, y foutaient j'sais pas combien d'jeunes dehors tous les ans, on s'est pas occupé d'ces sans-papiers et on en parle toujours pas, on en parle pas. Ils sont où ces mômes ? Ben tu sais pas. Ils ont fini dans des clubs où ils ont joué en promotion, première, en machin, en ayant des postes à la municipalité, ils ont pas eu leurs papiers, on les a abandonnés ces gosses-là.

C'est ça, beaucoup, trop. Mais on a fermé notre gueule, c'est une mafia hein cherche pas. C'est un di, j'te raconte pas un millième, parce qu'il vaut mieux qu'j'ferme ma bouche. Parce que même des noms, là, j'peux t'en donner, j'suis mort de rire, mais, c'est une arnaque, c'est une arnaque, c'est une arnaque, c'est une véritable arnaque.

Fallait pas en parler, fallait rien dire, comme les mecs ils allaient sauter, donc tout l'monde fermait sa gueule. Moi clairement à la fédé on m'disait euh, qu'est-ce qu'y fallait ? : *quand tu comprendras qui mène la danse on verra.*

Moi, on m'l'a dit clairement. Puis, les mecs, avec tout l'boulot qu'j'avais fait, ils me montraient que l'autre gars, pour me narguer, à l'exam, devant moi, il donnait que quatre pages, moi j'donnais un truc comme ça, j'avais un truc comme ça, parce que j'avais tout l'boulot j'te dis du BE2, plus c'que j'avais fait avec le club que j'suivais, plus le travail que j'faisais avec vous, y avait trois thèmes, en plus c'était quand j'l'ai fait avec toi, ça tombe juste l'année où j't'ai eu, t'imagines, j'dois l'avoir sur disquette, et le mec il passe avec ces quatre feuilles et euh : recevable. Et moi l'mec il a pris l'truc il a fait *(il fait le geste de faire défiler les feuilles à toute vitesse sans les lire) ouais c'est bien*... J'ai r'fait un an pour ça.

Et là on m'a dit *quand tu comprendras, on t'donnera ton 12*. J'l'ai passé quatre fois, en l'ayant hein quatre fois. J'l'avais déjà. C'que t'as vécu dans l'vestiaire avec le mec *(crampons Fortier)*, c'est c'que j'vivais à chaque fois qu'j'étais avec eux.

Tu sais, aller bouffer avec les mecs de la fédé, les grands patrons d'la fédé, tous ces mecs-là. Et j'étais à table, y avait tous les mecs hein. Tu sais c'que c'est d'être à table avec des gens et pas savoir manger ? C'est comme, c'est comme si tu r'gardes, quelle ass, quelle cuillère j'prends, quelle fourchette je prends, pas être à ma place, je savais pas d'quoi parler, je m'sentais ridicule, j'avais pas, c'est ce truc-là, ce mal-être, ce malaise, ce truc malaisant où tu sais pas. Qu'est-ce que j'fous là quoi ? Et c'était un calvaire, c'que j'vivais, alors qu'j'devais passer la s'maine avec eux parce qu'on était en détection ou en formation, et qu'j'étais obligé d'être là. J'me rappelle que l'chantage était fait, c'est qu'si j'y étais pas j'allais avoir des problèmes.

Les mecs, ils v'naient tous dans ma chambre parce

qu'en physiologie y connaissaient pas, et moi j'entraînais déjà depuis des années. Et, en fait, tous les mecs, tous les pros, dans ma chambre, pour qu'j'leur explique et qu'j'leur fasse la séance sur la préparation physique sur tel thème et telle thématique. Combien d'séances, combien d'répétitions, combien d'machins. *Euhh tu fais pas en club toi ?* Tu vois c'que j'veux dire ? Et c'est tellement, tellement dur de voir que ces mecs-là, t'es dans l'foot, tu vas les aider, c'est tellement dur de voir que ces mecs-là, où j'ai vu des séances avec des entraîneurs pro, Guérot, Guérot qu'a entraîné Lille, meilleur buteur du championnat d'France, mais tellement nul. Sa séance, tellement de merde, mais tu t'disais *mais qu'est-ce que j'fous sur le terrain d'foot quoi ?* Et c'est un pro quoi, et c'est un pro, tu vois. Et tu comprenais pas. Et lui, il entraîne à tel niveau, ah, parce que lui il a signé à tel endroit ? C'est bizarre, j'étais vert, donc j'ai vu ça, donc qu'est-ce que j'ai découvert du football ? Que c'était pas la qualité du mec qui faisait l'entraîneur, c'était qui tu connaissais, d'où tu venais et voilà, c'était, c'est un milieu, c'est une mafia, mais que ce soit ici ou en Espagne, c'est pareil, c'est une mafia, entraîne qui connaît beaucoup d'gens, c'est tout.

VERS L'INDUSTRIE

Pépé fait venir un recruteur de Saint-Étienne sur le stabil de l'île de Puteaux ; il veut me recruter

trajet Paris – Saint-Étienne, dans un grand monospace, le recruteur conduit, je suis avec un autre joueur. On part faire des essais, j'ai douze ans. L'autre joueur c'est Hatem Ben Arfa. Mon père avec moi, le père d'Hatem aussi. Le lendemain, sur le terrain, ils nous mettent l'un contre l'autre, face à face

j'ai besoin de vous dire que j'étais bon, de me rendre hommage, le football n'a pas gardé de traces de moi, ou trop peu par rapport à mes rêves et mon ambition, alors ici, sur quelques lignes, malgré toute la rage, la colère, le dégoût et le mépris que j'ai pour ce milieu, j'ai besoin de me vanter, de me dorer, de vous dire que moi aussi, pendant un temps, j'ai fait partie des meilleurs, vous dire qu'en première mi-temps Ben Arfa me fait la misère, c'est l'humiliation, petits ponts, grands ponts, crochets, je ne vois rien et suis constamment débordé, merde, c'est foutu, Saint-Étienne ne me recrutera pas, mais la mi-temps est un espace d'intimité où il est possible de se réagencer, de se reprendre en main, de réorienter son univers, je réamorce la rage en moi, je me hisse un cran au-dessus, et je le bouffe pendant toute la seconde mi-temps

mes parents et Pépé me conseillent de ne pas partir si jeune, à treize ans. Je peux partir plus tard, et progresser en attendant, je ne cours aucun risque, au contraire, ça laissera aussi le temps à d'autres clubs de s'intéresser à moi, et moi de vivre ma vie normale, c'est ce que je fais, sur les conseils de Pépé je vais jouer au FC Versailles

match Versailles-PSG, stade Sans Souci, un samedi après-midi, au milieu de la forêt de Fausses Reposes, terrain synthétique ancienne génération ras et humide, je ne sais pas ce que je fais, je suis en transe, sans réfléchir, inattendu, double roulette au centre du terrain, j'élimine tour à tour deux joueurs

comme possédé, pris par une énergie, grande maîtrise et abandon

stade Sans Souci encore, sur le terrain, on s'entraîne, le soir, il fait nuit, froid, humide ; je m'arrête et regarde un instant les arbres, sombres, grands… un ballon arrive, je m'y remets

mon père fait les trajets en voiture pour m'emmener et venir me chercher aux entraînements et aux matchs, une grande dévotion, un soutien, un accompagnement à toute épreuve

je reste après les entraînements, une quinzaine de minutes, pour m'étirer, seul sur le stade, dans la nuit, éclairé par les projecteurs, au bord de la forêt je joue avec Hatem Ben Arfa, on se retrouve, il est à l'INF Clairefontaine et vient jouer le week-end avec nous, il joue perso, pas pour l'équipe, c'est agaçant, et pourtant, c'est un génie, sa technique est incroyable, de la magie, c'est beau à voir

je joue aussi avec Aurélien Collin, il deviendra professionnel, voyagera beaucoup, de club en club, et jouera en grande partie aux États-Unis

à treize ans, je travaille déjà

j'ai une « rigueur d'employé » passionné, conquis, rêveur, fasciné, charmé, drogué, porté, fervent, enfant

il y a toujours du plaisir, ou du moins une sorte de plaisir mêlé à un devoir personnel de performance et de travail, pour pouvoir accéder à mon rêve de devenir professionnel, ça me remplit, je suis rempli d'avenir et de rêve, même si mon présent ici s'affadit, se travaillit, se stresse, si mon plaisir se réduit, se routine, j'ai un sens du devoir heureux, de plénitude, une route toute tracée, sur laquelle je suis bien placé, aimé, admiré, au club, au collège, dans la famille, qui dit mieux ? Je ne me pose pas de questions, à part les peines de cœur et la galère pour réviser le brevet. J'ai longtemps eu pour souvenir que cette période correspondait à l'idée du bonheur, un corps-esprit plein d'évidence, pas de distance avec moi-même, je collais à ma réalité, en plein dedans, habité, aucun accès à la déprime ou au regard introspectif qui me ferait douter de moi

je joue avec Morphée, ma chienne, ma sœur chienne, ma complice, ma confidente, celle avec qui on s'entend, contrôle de la poitrine, elle maîtrise, faire revenir la balle pied gauche pied droit trois quatre fois, elle maîtrise, elle mord les ballons, elle les dévore, ses dents les marquent, ça ne me dérange pas trop, j'accepte, c'est beau, c'est elle, la tendresse, la bonté, tant qu'ils restent gonflés et jouables, ça me va, je mets ma main ou mon bras, de côté, dans sa gueule avec ses grandes dents, elle me les mord avec délicatesse, j'ai confiance, j'aime ça, on joue, elle m'accompagne, ma sœur, mon amie, ma sœur chienne, ma sœur d'âme, ma sœur de corps, ma sœur de tout, son langage sans parole, son écoute, son esprit, son énergie, douce, infinie, câlins, elle est là, on est là

avant de m'endormir je pense à des actions de football pour rêver football

avant les matchs, dans la voiture, j'écoute le live de K2R Riddim, *Miss Millie*, je me mets en condition, je sens la puissance monter, me remplir, forte, souple et voluptueuse, dans toutes les zones de mon corps, je rassemble l'énergie

Sochaux veut me recruter, je visite les locaux et m'entraîne avec eux

Amiens veut me recruter, je visite les locaux et fais une détection

Saint-Étienne m'invite à jouer avec eux lors d'un tournoi à Sens, en demi-finale, j'entre en fin de match, remonté, surchauffé, je déborde côté droit, me retrouve face au gardien, je ne réfléchis pas, je le lobe et marque le but de la victoire, personne ne s'y attendait, quand on me dit *c'est fou d'avoir osé lober le gardien, il est hyper grand*, je suis surpris, je n'avais pas remarqué

je vais passer un essai au Toulouse FC, Reynald Pedros au fond du trou de sa carrière fait des tours de stade, c'était mon joueur préféré

détection pour l'équipe régionale à Clairefontaine, ils me prennent pas, je suis déçu, c'est pas normal, ils ont l'air de tous se connaître, pas moi, *c'est du piston*

sur mon canapé, après avoir joué, j'aime, devant la télé, prendre un de mes genoux dans mes bras, le frotter avec mon nez et sentir l'odeur de ma peau, je suis amoureux de mes jambes, de mes cuisses, de mes mollets

quand j'arrive au collège en boitant, courbatures ou contractures, j'ai tellement l'impression d'avoir la classe, la sensation du devoir accompli, le soldat après la bataille, qui a traversé le drame, et peut se relaxer sans peine dans le monde des communs, il a servi, il a souffert, pour le bien, il a vécu…

une fois, j'ai un bandage au poignet, des filles viennent me voir, *qu'est-ce que tu as ? – Oh rien, j'me suis fait ça au foot, (elles sont venues me parler !)*, j'ai l'impression d'être un héros

un soir, à la maison, le téléphone sonne, je décroche, c'est Montpellier, ils veulent me recruter, je sais déjà que c'est là-bas que je vais signer, pour le soleil surtout

ils sortent le grand jeu, avion payé pour moi et mes parents, visite des infrastructures, pas d'entraînement ou de match d'essai, restaurant au bord du Lez, on est séduits, à aucun moment je ne pense à demander qui sera l'entraîneur de mon équipe ou quelle est leur philosophie de jeu, ces nuances-là n'existaient pas

quand j'aurai plein d'argent, je le redistribuerai à toute ma famille

je m'achèterai tous les vrais CD des albums de musique que j'ai gravés

AU CENTRE DE FORMATION (SUITE)

avec Rémi on invente le pouballe : une balle de tennis et une poubelle, tout simplement, efficace, ludique, un maximum de plaisir pour un minimum d'investissement, une économie de moyens qui ferait pâlir plus d'une fédération, le principe : mettre la balle dans la poubelle, avec le pied, une touche chacun. Au début, c'est dans la chambre, mais ensuite ça prend de l'ampleur, on joue dans le grand espace carré devant l'ascenseur, d'autres joueurs nous rejoignent

on se spécialise aussi dans l'attrapage de mouches, avec les mains, pour les sortir de la chambre et les libérer, on devient très forts, très vifs

mon grand moment de plaisir : les deux buts sont proches, à vingt mètres de distance, avec les gardiens dedans, deux équipes s'affrontent, des joueurs relais sur les côtés, tirs, têtes, reprises de volée, retournées, intense

pendant les matchs souvent j'oublie le score, il faut que je demande à mes coéquipiers

dans mon souvenir on ne joue pas un beau football,

aucun plaisir sur le terrain, les autres joueurs ne jouent pas si bien que ça, décevant, moi aussi, mon niveau est décevant, on est tous hyper stressés, on sait pas trop quoi faire, à part avoir la pression

en visionnant les cassettes vidéo des matchs pour l'écriture du livre, je me rends compte, surpris, que ça jouait plutôt pas mal en fait, et prends plaisir à me voir jouer

au quotidien, je vois les pros, ils sont tristes, déprimés, c'est flippant, morne, banalement plat, dans le bus, je discute avec l'un d'entre eux fraîchement passé pro, cette vie-là je n'en veux pas, je ne veux pas finir comme ça

le club paye le voyage en avion et l'hôtel à mes parents pour qu'ils viennent me voir un week-end par mois

avec mon père on s'embrouille dans la voiture, on s'engueule pas mal, je ne sais plus pourquoi, lui non plus

je me tais, je ne dis rien de ma détresse, sauf à Rémi, on parle souvent de la merde que c'est ici, combien on aimerait se barrer

il me dit *au moins toi t'es bon à l'école*

je reviens d'un week-end chez mes parents, mon matelas n'est plus dans ma chambre, deux coéquipiers l'ont pris et ramené dans la leur *pour niquer une meuf*; choqué, blessé, dégoûté, triste, qu'est-ce que j'fais là

que des adultes, hommes, rudes et fermés, aucun à qui parler, se confier, un peu avec le kiné, mais à la marge, plus de sympathie que d'empathie, des blagues et de la compréhension, des échanges au sujet des blessures physiques, on ne parle pas des blessures psychiques un jour ils me prennent rendez-vous au sous-sol du bâtiment avec un médecin homéopathe fraîchement arrivé au club, concernant mes problèmes d'intolérance alimentaire, avec lui, je trouve quelqu'un de sensible, à l'écoute, empathique, j'arrive à parler, je lui fais part de mes doutes, de mes peurs, il me fait des tests concernant mes intolérances, évaluant ce qui serait bon en homéopathie pour moi, il me dit *c'est clair que tu as une sensibilité artistique qui cherche à s'exprimer*, ces mots m'ouvrent des portes

quand je remonte, Rémi fait une blague genre jaloux, *alors, ça s'est bien passé avec ton nouvel ami ?*

avec Prospa, qui lui aussi vient de région parisienne, on s'entraîne avec les CFA de Kighat, footing dans la pinède, il fait nuit, on prend un raccourci, il nous grille, des pompes

pendant un fractionné, Fortier me menace (sur l'air de mi-blague, mi-sérieux, je ne sais pas trop, une sorte d'ironie, fiction menaçante à laquelle il nous propose de croire sur le ton de la menace mais pas assez sérieuse pour être vraiment une menace au premier degré, mêlée à de l'encouragement, l'ambiguïté est jetée) : *allez continue, t'arrête pas, si tu t'arrêtes là tu rentres pas chez toi ce week-end*

je cours, agacé, anxieux, stressé

en colère

Lucas m'appelle en pleurs, sa copine l'a quitté, je n'ose pas sortir du centre de formation pour le rejoindre en centre-ville, j'ai peur, lui est du coin et vit chez sa mère, je n'arrive pas à désobéir, je ne sais pas faire

vacances de noël, je reviens à la maison, on accueille plein de monde, alors je dors dans le bureau, même chez moi je ne suis plus chez moi, j'écoute le solo du groupe Luke sur leur album *La Vie presque* à la fin de la chanson *La Cour des grands*, je pleure, beaucoup, je pleure, triste, je pleure, je pleure janvier, ou février, dans la chambre de l'hôtel Ibis où sont logés mes parents sur la place de la Comédie à Montpellier : *je veux arrêter*

ils ne disent pas non, ma mère est plutôt contente, mon père est surpris, triste, accepte, *t'es sûr ? C'est toi qui décides*

avant de décider vraiment, j'appelle Alice, une amie, magnétiseuse, de ma tante et de mes parents

elle me dit *mais oui va-t'en, t'as plein de choses à vivre à Paris, avec tes copains et copines, profite de ta jeunesse, de la culture, mais oui bien sûr barre-toi d'là*

c'est décidé, je pars

j'appelle Pépé pour lui dire que j'arrête, il me dit *je m'en doutais, tu veux qu'j'te trouve un autre club ?*

non, je veux revenir à Garches, jouer tranquille

mes parents m'entendent, *bien sûr, si c'est ce que tu crois qui est le mieux pour toi*

je leur ai souvent reproché sans leur dire, dans mes

moments de déprime, de doute et de regrets, de ne pas avoir assez discuté cette décision avec moi, de ne pas m'avoir assez conseillé, pesé le pour et le contre, les tenants et les aboutissants, explorer les diverses possibilités

j'étais débordé, ma mère et mon père aussi, au quotidien et de loin, essayant de faire au mieux

on aurait pu me proposer d'essayer encore six mois, en me faisant voir une personne spécialisée et compétente dans l'aide aux enfants, psychologue ou autre, on aurait pu m'aider à comprendre les points précis qui m'ont mené à cet état de dégoût, de sidération, de peur, de tristesse, d'envie d'arrêter, on aurait pu m'inviter à prendre le temps, à parler et essayer de modifier les choses qui ne me convenaient pas en en discutant avec mon entourage et le club, et, s'il le faut, négocier des changements, des conditions plus respectueuses, plus attentionnées, plus adaptées à moi et aux individus mineurs que nous étions

je n'y ai pas pensé, personne n'y a pensé, en tout cas personne ne me l'a suggéré

je ne réalisais pas ce qui m'arrivait, c'était trop violent, trop insupportable

j'étais comme sidéré, sidéré et masqué, je ne laissais rien voir, ne disais rien, je ne savais pas parler de mon mal-être, je subissais, j'encaissais, me taisais, souffrais en silence, donnais le change, je mentais à moi-même et aux autres sur mon état réel, je compensais, jouais le jeu qu'il fallait jouer pour ne rien laisser paraître, à l'intérieur c'était intenable

je me donnais à voir bien plus solide que ce que j'étais

quand on me demandait pourquoi je voulais arrêter, je ne savais quoi répondre, à part des généralités, je ne pouvais pas parler précisément, intimement, je ne pouvais que fuir, j'avais peur qu'en parlant on me convainque de rester, j'avais peur de me faire avoir en partageant mes peurs, mes doutes, je devais être certain, ne pas douter pour être sûr de m'échapper

j'en ai aussi par moments voulu à Alice de m'avoir dit *oui va-t'en*, comme ça, sans prendre, là aussi, le temps d'examiner avec moi les tenants et les aboutissants. En fait, je m'en suis voulu souvent d'avoir, pensais-je, décidé par elle, comme parole d'évangile, fasciné par ses pouvoirs

une pote, récemment, me faisait remarquer que c'est moi qui avais fait la démarche de l'appeler, de lui demander conseil, que j'étais actif là-dedans

de toute manière, j'avais décidé avant, mais il me fallait en quelque sorte, son assentiment, la validation magique de celle qui sentait tout, de celle qui ne pouvait pas se tromper

aussi, c'est sûrement ça, c'est sûrement elle, Alice, qui m'a donné la force, le déclic, le ressort, ou du moins l'accompagnement et l'encouragement vif, le soutien enthousiaste et chaleureux de faire cet acte irréel, changer de vie, quitter mon privilège-aux-alouettes, fuir, arrêter

on convient avec mes parents que je finis la saison, j'annoncerai mon départ au dernier moment

le coach me fait m'entraîner avec les CFA et certains pros de retour de blessure, je fais un taureau avec Aliou

Cissé, capitaine de l'équipe du Sénégal, je suis honoré, fier

ils me font jouer un match surclassé avec les dix-sept ans

je vais voir Noir Désir au Zénith, à cinq cents mètres du centre de formation, au retour, le gardien de nuit me grille mais ne dit rien, il me couvre, je crois qu'il voit notre peine, notre sort, notre détresse, notre lot de jeunes hommes tristes et enfermés

compèt' d'équitation en dessous de nos fenêtres, y a des meufs de notre âge sur les chevaux, on les repère assez rapidement, on établit le contact avec quelques-unes d'entre elles, quand Shakira, *Whenever, Wherever*, passe, on sait que c'est l'une d'entre elles qui est sur le cheval, on va les voir, on discute, on se balade dans la pinède, on arrive à sortir en boîte de nuit avec elles un de ces samedis de fin d'année

la France est disqualifiée au premier tour de la Coupe du monde

début juin, j'annonce mon départ au directeur du centre de formation, il croit que je viens pour l'affaire de la poubelle, pas l'invention du pouballe qui ferait de l'ombre au football, mais la poubelle qu'il a renversée au beau milieu de ma chambre et sur laquelle je lui avais laissé un mot la semaine suivante, lui expliquant l'étendue de sa bêtise, que ce n'était pas une bonne manière de faire, que c'était sale, humiliant et enfantin, je ne sais plus comment j'ai formulé le mot, mais je me rappelle que je l'avais bien tourné, avec une écriture surplombante, précieuse et ironique visant à le ridiculiser et le rabaisser, langage soutenu contre geste sale, un petit acte de rébellion pour moi

mais ce n'est pas l'affaire de la poubelle

on est dans son bureau, avec mes parents, je lui dis que j'arrête

il est très surpris, après toutes ces années, c'est la première fois qu'il voit ça

il me demande pourquoi, je ne sais plus ce que je dis, il l'entend, ne négocie rien, un mélange de choc et d'admiration, il me demande tout de même de lui assurer que je ne signerai pas dans un club professionnel la saison suivante

je pars, mais les autres non, leurs parents ne leur permettent pas de partir et/ou ils n'osent pas et/ou ils ne sont pas bons à l'école et/ou ils prennent leur mal en patience, certains, rares, sont encore passionnés, peut-être deux, sur une quarantaine

sur le parking de Grammont derrière le Zénith, ma poitrine s'ouvre en grand vers le ciel bleu et fait corps avec lui, elle est immense, un sentiment de libération gigantesque, je suis heureux, une nouvelle vie, inespérée, incompréhensible, inattendue s'ouvre à moi

le coach, quand je lui annonce que je pars, est sur le cul, surpris, paniqué, stressé, je suis fier, tremblotant, déterminé, soulagé, gêné, il me dit *depuis quand tu l'as décidé ? – Depuis février. – Mais pourquoi tu l'as pas dit avant? On a déjà préparé l'équipe pour l'année prochaine*

je n'avais pas songé à ça, je ne voulais pas partir en cours d'année ou me la pourrir davantage, j'ai pensé à moi, j'ai dissimulé, j'ai laissé couler, discrètement, j'ai fui en faisant le moins de bruit possible

il me dit *mais si tu veux on te trouve un logement en ville pour toi tout seul, on te fait prendre des cours de guitare, on fait venir ta copine*

je dis non, mais, sur le chemin, je gamberge, elle déboîte sa proposition, c'est trop tard, j'ai décidé, mes parents arrivent de l'avion, on a rendez-vous dans dix minutes avec le directeur du centre de formation

pendant le rendez-vous j'espère que le directeur ne voudra pas me laisser partir, qu'il négociera, tentera tout pour me retenir, j'espère à la fois que le coach entrera et n'entrera pas dans le bureau pour refaire sa proposition devant tout le monde. Mais il n'en est rien. Le directeur ne s'oppose pas, le coach n'entre pas. Je pars. Ma carrière de footballeur est terminée

mon rêve d'enfant est bel et bien brisé et c'est moi qui viens de l'achever d'un coup d'audace déflagrateur qui me propulse dans l'inconnu

je leur claque dans les doigts, je me claque dans les doigts

je n'en avais parlé à aucun de mes coéquipiers à part Rémi, rien dit à mes potes non plus sur le parking de Grammont, près de l'arrêt de bus derrière le Zénith, Lucas me dit, *et tu m'as rien dit, moi je t'appelle quand je me fais larguer par ma copine et toi tu me dis rien ?*

les souvenirs se floutent. Quand ai-je vraiment décidé d'arrêter ? Était-ce scellé en février ? Ou alors ai-je attendu mai ? Ou juin ? Je ne sais plus vraiment. Quand ai-je appelé Pépé pour lui annoncer mon départ ? Février ou juin ? C'est loin, c'est trouble, ça a eu lieu. J'étais persuadé que cette image, dans la cour du lycée, où je vois la France perdre contre le Sénégal et être disqualifiée de la Coupe du monde avait eu lieu dès la rentrée de septembre 2001, à mon arrivée, ce qui n'est, après vérification, pas le cas. C'est dans ce même lieu que je parlais avec Agathe pour la première fois en début d'année. Dans mon souvenir, la temporalité de l'image défaite-en-Coupe-du-monde a été aspirée par le lieu, et reliée à la temporalité de l'image Agathe. Pour mon souvenir, dès le début c'était perdu. Mais je ne le savais pas encore. J'ai failli laisser l'image défaite-en-Coupe-du-monde au début du texte, mais non, je crois qu'ici j'ai besoin de rationaliser, de me refaire un chemin précis, de nommer les moulins, d'exposer les faits, leur temporalité exacte, leur qualité ressentie, reprendre pied avec ce passé, le recomposer, me rassurer, retrouver des bases, et des monstres par la même occasion

cette phrase qui me vient pendant l'écriture du livre : j'ai déterré un ours

je pensais qu'on allait me retenir, je pensais que d'autres

clubs allaient m'appeler pour tenter de me recruter… rien du tout… le monde du football m'a déjà oublié

à mon retour, les gens me demandent pourquoi j'ai arrêté le centre de formation

c'était le service militaire, ça m'a dégoûté du foot

je joue au FC 92 maintenant, avec Pépé, je suis revenu, mais ce n'est plus pareil, le charme est rompu

je me sens vide, perdu, c'est presque inconcevable de me retrouver là, une impression de retour en arrière difficile à assumer, dans le regard des autres : il a échoué, il a abandonné, pourquoi, je surnage, j'essaie de garder la face

au premier entraînement, pour je ne sais quelle raison d'ego, de besoin de briller ou de praticité, je mets le jogging d'entraînement du MHSC

au cours d'un exercice, Pépé me dit, devant tout le monde, *ils t'ont pas appris à réfléchir là-bas*

il a raison, mais je le prends mal, c'est humiliant

je ne me sens pas à ma place, ici non plus, je ne suis plus chez moi nulle part

avec le recul, cette sensation d'avoir été un fantôme

je joue pendant quelques années, je ne sais trop pourquoi, peut-être pour déshabituer mon corps pas à pas, par réflexe, pour la santé, comme sonné, prostré après un choc, le corps automatique qui continue de jouer, jusqu'au jour où j'arrête complètement, divorce d'avec le foot, je n'y joue plus, ne le regarde plus, un black-out, même la Coupe du monde n'a pas d'importance, le foot n'existe plus je suis seul, j'avais le ballon comme ami compagnon de confiance, mais il a été utilisé contre moi, violenté, transformé, raffiné, industrialisé, vidé, désenchanté, dangereux, blessant, je ne sais plus qui il est, je dois m'en séparer, le renier, l'abandonner

un an après être parti du centre de formation, je déprime, je doute, je pense à recommencer, je ne sais pas quoi faire, je regrette, peut-être pourrais-je revenir ? L'admiration me manque, je suis redevenu quelqu'un de banal, c'est plat, je crois que j'en parle un peu à Armelle et Marion, des amies, j'oublie rapidement

je brille épisodiquement au tournoi du lycée, sentiment mitigé de pathétique et de gloire retrouvée

à la gare, je croise deux ex-coéquipiers du FC Versailles, ils me disent, hallucinés, incrédules, *on nous a dit qu't'avais arrêté, t'es un ouf, t'étais trop bon! pourquoi t'as fait ça?* je ne sais trop quoi répondre, ça me fait quelque chose, j'essaie de me justifier, comme je le fais d'habitude, mais ce n'est pas seulement une question, il y a aussi quelque chose de l'ordre du reproche, mais pas vraiment, c'est aussi une secousse, mêlée d'incompréhension, quelque chose comme: mais qu'est-ce que t'as fait ?! c'était notre rêve, t'as eu la chance d'y être et tu t'es barré – leur train arrive, ils sautent dedans

je viens de commencer des études en fac de géographie, porte de Clignancourt, ça ne me plaît pas, triste, déprimé, perdu, de l'eczéma sous les aisselles, j'entre en dépression

sur les conseils d'Alice, trois ans après avoir arrêté, je vais voir une psychologue, en quelques mois je me requinque, on n'entre pas en profondeur dans les traumas du football

à plusieurs reprises, j'aurai des regrets

ai-je bien fait d'arrêter ?

dans mes moments de doute ou de vide, je regrette, je m'en veux, je déprime

dans mes moments de joie, je suis ravi d'avoir osé arrêter, heureux d'avoir fui ce milieu hostile

depuis quelques années, et encore plus depuis l'écriture de ce livre, le questionnement se déplace, se ramifie

quels sont mes traumatismes ? quelles sont mes blessures ?

quel est le système qui les a créées, façonnées, prolongées, exploitées ?

comment décrire cette industrie du football et les ravages qu'elle a causés sur moi et les autres ?

comment accepter ce passé ?

comment prendre soin de moi ?

pendant l'écriture j'ai découvert un enfant en détresse, abandonné à l'âge de seize ans, qui pleurait encore, pétrifié, en colère mais qui ne savait pas la dire, un enfant oublié

cette impression que je revenais de vingt ans d'exil

que j'ouvrais les yeux sur vingt ans de dépression larvée

aux urgences de Berlin, après une forte migraine et une attaque de panique, je pleure, sur le brancard, dans le couloir de l'hôpital de la Charité, ici, je suis en sécurité, entouré, confortable, je pleure, je lâche tout, je suis entre de bonnes mains, attentionnées, dans le calme de cet hôpital de la Charité, dans cette ville-refuge, cette ville qui m'accueille, cette ville qui donne à voir ses ombres, cette ville qui me permet de laisser les miennes sortir, à ciel ouvert, à vue de corps, à perceptions, elles sont là

je pleure, sur le brancard dans le couloir de l'hôpital de la Charité, une perfusion dans le bras droit au cas où, je laisse retomber toute cette pression, toutes ces remontées, toutes ces découvertes, tout ce que m'ont dit Pépé, Thomas, Antonin, mes parents, Rémi et Lucas, toutes ces colères, ces injustices, ces maltraitances, ces abus, ces humiliations, ces violences

je suis épuisé, San Francisco quelques jours plus tôt, la mort de ma grand-mère, le Gers, en quelques jours, Pau, Marseille, Toulouse, Paris, Berlin, des histoires d'amour mal digérées, une histoire en cours qui me pèse, ma solitude, ma détresse psychologique, mon immense fatigue, tous ces cafés accumulés, je ne tiens plus, mes oreilles sifflent, j'ai des palpitations, des douleurs à la tête, mon bras gauche s'alourdit, je n'arrive plus à marcher droit, je panique, j'angoisse, je suis seul, il n'y a personne ici

je décide de me faire suivre par deux psychologues, un pour moi, une pour le livre

après avoir arrêté le foot, j'ai dû prouver à moi-même et aux autres que j'avais fait le bon choix, il fallait que ça aille, que je réussisse dans les autres domaines, études, amour, théâtre, musique, écriture, danse, vie

partout cette violence, cette exigence que je m'imposais,

ce besoin démesuré de briller, d'être le seul, l'unique, le meilleur

je recommençais à zéro, je devais faire mes preuves, j'étais novice, débutant, confiant, plein d'allant et d'enthousiasme, je découvrais de nouveaux mondes

avec cette conviction farouchement ancrée en moi, plus jamais je ne serai professionnel de quoi que ce soit, je ne tomberai plus dans le piège

je me méfierai des gens qui veulent me faire travailler

de ceux qui veulent exploiter mes dons, mes qualités, mon *potentiel*

moi le premier

dans chaque milieu où je suis passé j'ai retrouvé les ravages de l'industrie, ses mêmes mécanismes d'oppression, d'extraction, d'isolement, de combat, de violence, d'humiliation, d'agression

j'ai marché, j'ai couru, sensible à son brillant, à son clinquant, à son rêve

je n'y crois plus

je joue le jeu, quand il le faut, quand j'oublie, quand je ne sais pas faire autrement

j'ai fui

j'ai pris ma retraite à l'âge de seize ans

ce rêve, ce désir, de devenir-footballeur-professionnel n'est pas inné, pur ou innocent, bien que né tôt dans l'enfance, il est produit par un environnement, une masse financière et publicitaire qui l'insinue dans nos vies et se nourrit de nos blessures, de nos nécessités, de nos élans, il entre en nous par la télé, la radio, les journaux, les magazines, les cours de récréation, les parvis, les rues, les jardins, les couloirs et les chambres. Nos rêves sont tissés de ces événements grandioses, de ces joueurs magnifiés, chaque émission, chaque match retransmis, chaque teasing publicitaire donne un sens à notre monde, une voie à suivre. Ainsi, le football industriel s'immisce en nous, se mue en rêve et oriente nos corps vers la machine à blessures du capital qui cherche à prélever quelques exceptions pour en faire les étendards de sa réussite mortifère, produisant des espérants déçus de ne pas être ces bêtes stars monstrueuses clinquantes de l'écran à paillettes en perfection plastique, et le ballon se mord la queue, nous isolant de plus en plus, seuls et combattants, de l'école au terrain, du stade au travail, des vestiaires à l'écran

quatre-vingts pour cent de ceux qui entrent en centre de formation échouent

et tous ces enfants devenus adultes submergés par les remords, la perte de sens, la dépression, l'autoflagellation

enfants devenus adultes qui n'ont pas *réussi*, et qui se disent, *ah si seulement j'avais été meilleur, si seulement j'avais eu plus de mental, si j'avais davantage travaillé, j'aurais été un joueur de ouf, j'aurais réussi*

enfants devenus adultes qui s'en veulent, s'en prennent à eux-mêmes, se méprisent, se déçoivent, se perdent, dépriment, souffrent d'addictions, sont en dépression ou se suicident

les victimes s'accusent et le bourreau roule ses mécaniques productivistes d'exploitation, d'humiliation, de maltraitance et de traite d'enfants, tranquillement dans ses bureaux, avions, stades, clubs et fédérations

j'ai abandonné mon rêve d'enfant

je ne me suis pas battu pour lui, j'ai fait la seule chose que j'arrivais à envisager, fuir

et j'ai porté cet abandon comme une colère tue, une bataille non menée, un fantôme brûlant, une tristesse tapie dans l'ombre

au moment de décider d'arrêter, personne ni moi-même ne réalisait que je venais de passer dix ans de ma vie avec le football, dix ans de passion, de plaisir, de travail, d'enfance, de joies, de transes, de fêtes, d'efforts, d'équipes, que ça m'avait construit, conditionné, accompagné, porté, que ça m'avait forgé une identité, un socle, et qu'il allait falloir me coltiner le deuil de ces années, que je n'allais pas savoir qu'il y avait un deuil à faire, que j'allais devoir faire comme si c'était normal, comme si de rien n'était, comme si ce n'était pas grave, comme si cette rupture nette n'était pas traumatisante, comme si c'était tout simplement un choix de vie, personne ni moi-même ne se rendait compte ou n'a su me formuler que je me coupais d'une part de moi, que je perdais mes fondations, que je tuais mon rêve, et qu'il y avait un prix à payer pour cet acte inimaginable, radical et violent, pour cette liberté gagnée

la question qui m'a hanté pendant des années, ai-je bien fait d'arrêter, n'est plus celle que je veux poser maintenant cette nouvelle question me relie à mes coéquipiers qui sont restés, et qui ont continué

qu'a-t-on fait de nous ? qu'a-t-on fait à ces enfants ?

dans quelles conditions d'abandon, de détresse et de maltraitance nous a-t-on conduits, entretenus, laissés ?

je me suis toujours fixé sur le symptôme, et je ne voyais pas le terrain

qu'a-t-on fait de nous ?

comment ne nous a-t-on pas considérés en tant qu'individus à part entière, en tant qu'enfants, êtres complexes et dépendants desquels il fallait prendre soin ?

j'avais besoin d'être entendu et accompagné, besoin de comprendre ce qui me traversait, rien de cela ne s'est passé, tout cela a été mis sous le boisseau, tu, terré, oublié

je voulais sauver ma peau, ce fut chose faite.

Glossaire

Call of Duty: Série de jeux vidéo de tir s'inspirant de la Seconde Guerre mondiale et de conflits modernes fictifs. Plus d'une centaine de personnages se retrouvent dans un lieu et doivent s'entretuer jusqu'à ce qu'il n'en reste qu'un.

CFA: Championnat de France amateur, quatrième division adulte du football français, dans laquelle jouait l'équipe 2 du MHSC. Certains joueurs de CFA, plus âgés que nous, étaient encore logés au centre de formation. Le CFA est maintenant appelé National 2 (N2).

CREPS: Centre de ressources, d'expertise et de performance sportive.

DH: Division d'honneur, première division de la ligue régionale amateur.

DNCG: Direction nationale du contrôle de gestion, commission chargée du suivi, de la supervision et du contrôle des comptes des clubs de football professionnels en France.

ES 16 : École des sports du XVIe arrondissement de Paris.

FFF : Fédération française de football.

FIFA : Fédération internationale de football association. Organise, notamment, la Coupe du Monde des équipes nationales.

INF : D'abord basé à Vichy avant de s'implanter à Clairefontaine, dans les Yvelines, en 1988, l'Institut national du football est un centre de préformation (ou Pôle espoir), en internat, réservé aux jeunes de la région parisienne de treize à quinze ans, géré par la FFF. En plus de l'INF, le Centre national du football de Clairefontaine accueille les joueurs et les joueuses de l'équipe de France pour leurs rassemblements avant et/ou pendant les compétitions, mais aussi des stages et des détections régionales.

LIGUE DES CHAMPIONS : Coupe d'Europe réunissant les meilleurs clubs des championnats européens.

MHSC : Montpellier Hérault Sport Club.

N2 : National 2, quatrième division adulte, après la Ligue 1, la Ligue 2 et le National 1.

OGM : Organisme génétiquement modifié. Dans les années 2000, s'est développé le mouvement anti-OGM mené par la Confédération paysanne et, notamment, José Bové.

P3 : L'initiale P désigne l'aptitude psychiatrique, le coefficient 3 indique la présence actuelle de manifestations symptomatiques ou de troubles répétés de l'adaptation temporairement incompatibles avec l'exécution du service militaire.

P4 : Le coefficient 4 indique la présence actuelle et prolongée de troubles de la personnalité et de l'adaptation définitivement incompatibles avec la poursuite du service militaire.

PS5 : Playstation 5, console de jeux vidéo.

Rigueur d'employé : Expression empruntée à Juan Pablo Meneses dans *Le Prodige* (éditions Marchialy, 2022, p. 22). Le joumaliste-écrivain-narrateur essaie d'acheter un enfant footballeur en Abya Yala (Amérique du Sud) pour le revendre en Europe. Il donne à voir le fonctionnement d'un commerce basé sur la maltraitance, l'exploitation et la traite d'enfants.

Stabil : Terrain stabilisé composé de schiste naturel et de roches. On jouait sur des stabils, des terrains en herbe ou des terrains en herbe synthétique. Au FC Garches, les entraînements étaient parfois en salle, sur du parquet.

Strap : Bande adhésive élastique permettant de stabiliser une articulation.

Taureau : Exercice dans lequel des personnes en cercle doivent se passer le ballon avec le pied ou toute autre partie du corps excepté les mains et les bras, tandis qu'une autre personne, seule, au milieu du cercle, doit tenter de l'intercepter elle aussi avec le pied ou toute autre partie du corps excepté les mains et les bras.

UEFA : Union des associations européennes de football. Organise, notamment, la Ligue des Champions.

4-4-2 : Schéma de jeu classique du football, correspondant aux positions sur le terrain : quatre personnes en défense, quatre en milieu de terrain, deux en attaque. Et une dans les buts, mais ce poste n'est jamais indiqué dans les schémas, sûrement parce qu'il est toujours occupé, et par une seule personne.

Remerciements

Je remercie tout particulièrement Rémi, Antonin, Thomas, mes parents, Pépé et Lucas pour avoir contribué à ce livre en acceptant d'échanger et de partager leurs expériences, un grand merci pour leur générosité et leur confiance.

Toute ma gratitude à Anselme, Anna, Titouan, Rémi, Valentin, Maud, Aleth et Marien pour leur amitié, leur soutien, leur relecture, les discussions et leur présence.

Merci également à Silvia pour son accompagnement et sa relecture ainsi qu'à Apolline pour le suivi, son écoute, les échanges, les pistes et les conseils.

Je tiens aussi à remercier Jean-Pierre pour son soutien, ses encouragements et son aide, ainsi que Jean-Loup, pour le regard qu'il a porté sur le texte et son travail d'édition.

Composition : Entrelignes (64)
Achevé d'imprimer
par CPI Firmin-Didot
à Mesnil-sur-l'Estrée, en juin 2025
Dépôt légal : juin 2025
Numéro d'imprimeur : 184544

ISBN : 978-2-07-309770-5/Imprimé en France

646471